El arte de seducir
YVONNE LINDSAY

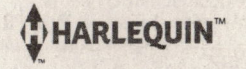

HARLEQUIN

Editado por HARLEQUIN IBÉRICA, S.A.
Núñez de Balboa, 56
28001 Madrid

© 2012 Harlequin Books S.A. Todos los derechos reservados.
EL ARTE DE SEDUCIR, N.º 97 - 25.9.13
Título original: A Silken Seduction
Publicada originalmente por Harlequin Enterprises, Ltd.

Todos los derechos están reservados incluidos los de reproducción, total o parcial. Esta edición ha sido publicada con permiso de Harlequin Enterprises II BV.
Todos los personajes de este libro son ficticios. Cualquier parecido con alguna persona, viva o muerta, es pura coincidencia.
® Harlequin, Harlequin Deseo y logotipo Harlequin son marcas registradas por Harlequin Books S.A.
® y ™ son marcas registradas por Harlequin Enterprises Limited y sus filiales, utilizadas con licencia. Las marcas que lleven ® están registradas en la Oficina Española de Patentes y Marcas y en otros países.

I.S.B.N.: 978-84-687-3192-6
Depósito legal: M-19524-2013
Editor responsable: Luis Pugni
Fotomecánica: M.T. Color & Diseño, S.L. Las Rozas (Madrid)
Impresión en Black print CPI (Barcelona)
Fecha impresion para Argentina: 24.3.14
Distribuidor exclusivo para España: LOGISTA
Distribuidor para México: CODIPLYRSA
Distribuidores para Argentina: interior, BERTRAN, S.A.C. Vélez Sársfield, 1950. Cap. Fed./ Buenos Aires y Gran Buenos Aires, VACCARO SÁNCHEZ y Cía, S.A.

Capítulo Uno

—¡La señorita Cullen no recibe visitas!

Avery se sobresaltó al oír a su ama de llaves hablar en aquel tono. Oyó pisadas en el camino que había a sus espaldas. Suspiró y dejó el pincel que tenía en la mano. Estaba nublado y hacía un día otoñal en Londres, había ya poca luz, así que, interrupciones aparte, el cuadro no iba bien. «Ojalá la pasión por un tema compensase la falta de todo lo demás», pensó mientras se limpiaba las manos antes de ir a ver qué ocurría.

A su ama de llaves no solía costarle ningún trabajo deshacerse de las visitas, pero, al parecer, alguien había conseguido franquear la puerta. El hombre que se acercaba delante de la señora Jackson tenía la vista clavada en una sola cosa: Avery.

Era alto, con el pelo rubio oscuro, corto y algo despeinado, como si acabase de levantarse de la cama, barba de dos o tres días, y muy guapo. Avery pensó que le resultaba vagamente familiar. Aunque, no, no lo conocía. «Claro que sí», le susurró una vocecilla en su interior, «¿No es el tipo que Macy te señaló cuando estuviste en Nueva York, en la subasta de los bienes de Tina Tarlington?». Avery se estremeció. No de miedo. Ni siquiera era aprensión lo que sintió al ver a un extraño acercándose a ella con semejante determinación.

No, era otra cosa. Algo tan difícil de definir como difícil le resultaba captar la belleza del jardín favorito de su padre en un cuadro. Fuese lo que fuese, hizo que le ardiesen las mejillas y se le acelerase el pulso. Se dijo que estaba molesta porque la habían interrumpido, pero en el fondo sabía que no era verdad.

—Lo siento, señorita Cullen, pero ya he informado al señor Price de que no acepta visitas —dijo el ama de llaves con desaprobación—. Él insiste en que tiene una cita.

—No pasa nada, señora Jackson. Ya está aquí —respondió Avery en tono tranquilo—. ¿Le apetecerá a nuestro invitado un té antes de marcharse?

—Preferiría café, si no es mucha molestia —dijo el hombre.

La señora Jackson se fue a preparar el café mientras expresaba su indignación entre dientes.

Avery miró al hombre y reconoció su apellido.

—¿Price? Entonces, debe de ser Marcus Price, de Waverly's, en Nueva York —le dijo.

Waverly's era la casa de subastas por medio de la cual su amiga Macy había vendido los bienes de su madre. Después de ver lo mucho que había sufrido Macy con la venta, había decidido no deshacerse de los tesoros que le quedaban del pasado. Al menos ella no tenía la necesidad de venderlos, como le había ocurrido a la pobre Macy.

–Me halaga que recuerde mi nombre –respondió él, esbozando una sonrisa que hizo que a Avery se le encogiese el estómago.

–Pues no se emocione –replicó ella–. Ya le dejé clara mi postura acerca de la venta de la colección de arte impresionista de mi padre la primera vez que me contactó. Ha venido desde muy lejos para nada.

Él respondió con una sonrisa que le despertó a Avery en él, cosa que la incomodó. Por guapo que fuese, conocía muy bien a aquel tipo de hombres. Atrevido, audaz, seguro de sí mismo. Era todo lo contrario a ella, pero se iba a llevar una decepción si pensaba que iba a poder convencerla para vender la colección de su padre.

–Ahora que he tenido la oportunidad de conocerla, sé que no ha sido una pérdida de tiempo.

–Deje de regalarme los oídos, señor Price. Hombres mejores que usted lo han intentado… y han fracasado.

–Marcus, por favor.

Ella asintió.

–Marcus, aunque eso no cambia nada. No

voy a vender y no comprendo qué has venido a hacer aquí.

–Su secretario, David Hurley, me concertó esta cita hace dos semanas. Di por hecho que se lo habría dicho, pero... –le contó él, con los ojos verdes brillando de ira–, ya veo que se le ha olvidado hacerlo. Lo siento, señorita Cullen. Pensé que estaría abierta a discutir el tema.

Ella pensó que era bueno, encantador, sincero... Avery casi lo habría creído, si no hubiese sido porque estaba preguntándose con qué cantidad habría sobornado a David para conseguir aquella cita. Había pensado que el secretario de su difunto padre estaba por encima de aquellas cosas, pero, al parecer, se había equivocado. Porque, si no, no entendía cómo había podido Marcus conseguir aquel encuentro. Se dijo que tendría que hablar con David lo antes posible. Este seguía en Los Ángeles y, a pesar de los años que había estado al servicio de su padre, lo despediría si no le daba una explicación. La confianza era algo que había que ganarse y que, cuando se rompía, era difícil de recuperar.

–Supongo que el café estará listo –dijo Avery–. ¿Subimos a la terraza?

–Gracias –respondió Marcus, haciéndole un gesto para que lo precediese.

Avery notó su mirada clavada en la espalda de camino a la terraza que ocupaba un lateral de la casa. Deseó llevar puesto algo más... Bueno, otra cosa que no fuesen unos vaqueros y una camiseta vieja. Se reprendió a sí misma nada más pensarlo. No quería impresionar a Marcus Price ni a nadie como él. Hacía tiempo que había aprendido a distinguir a las personas que querían utilizarla, y estaba segura de que lo único que quería aquel hombre era hacerse con la Colección Cullen, formada por los impresionantes cuadros que su padre había ido adquiriendo durante los últimos veinticinco años.

Llegaron a la terraza al mismo tiempo que la señora Jackson salía con el carrito del té, en aquel caso, del café. El ama de llaves trasladó las cosas a una pequeña mesa de hierro forjado con dos sillas y Avery invitó a Marcus a sentarse.

–¿Quiere leche? –le preguntó después de servir el café de la cafetera de plata con el escudo de armas de la familia de su madre.

–No, gracias.

–¿Azúcar? –continuó ella, utilizando las habilidades sociales que sus padres le habían inculcado.

–Dos terrones, por favor.

Ella arqueó una ceja.

–¿Dos? Ah, sí, ya lo entiendo.

–¿Piensa que necesito endulzarme? –preguntó él divertido.

–No lo he dicho yo.

Le sirvió dos terrones de azúcar utilizando unas pinzas de plata y después le tendió el plato con la taza.

–Gracias –respondió Marcus, sujetándolo con una mano mientras con la otra tomaba la cucharilla de plata que descansaba en el plato para remover el café.

Avery se quedó hipnotizada. Tenía los dedos largos, pero ágiles, parecían las manos de un artista y, al mismo tiempo, las de un hombre acostumbrado a hacer trabajos físicos. Volvió a estremecerse y, mientras intentaba contener la atracción que sentía por él, se dijo a sí misma que tenía que salir más. Había estado encerrada en su casa de Londres desde la muerte de su padre y, a excepción de un rápido viaje a Nueva York para acompañar a su mejor amiga a la subasta de las posesiones de su madre, había mantenido las relaciones sociales al mínimo. Tal vez hubiese llegado el momento de empezar a salir. De hecho, Macy le había aconsejado que conociese a Marcus. Aunque fuese solo para comprobar lo guapo que era.

En cualquier caso, Marcus Price era demasiado hábil para ella.

–Con respecto a la Colección Cullen… –empezó este después de dar un sorbo al café.

–No me interesa vender. No puedo ser más clara al respecto –lo interrumpió Avery.

Estaba perdiendo la paciencia con aquel

tema. No esperaba que nadie la comprendiese. Al fin y al cabo, los cuadros estaban recogiendo polvo en la mansión familiar que tenía en Los Ángeles. En el fondo, Avery sabía que tenía que hacer algo: prestarlos a un museo o a una galería de arte, a alguien que los apreciase más que ella, pero todavía no era capaz.

Su padre había sentido tal devoción por aquellas obras que Avery había llegado a envidiarlas. Su padre la había querido, a su manera, con distancia, incluso después de la muerte de su madre, cuando ella tenía cinco años. Forrest Cullen había tenido dos grandes amores en su vida: su esposa y la colección.

Y Avery todavía no podía separarse de lo único que seguía uniéndola al hombre al que había idealizado durante toda su vida. La colección y el jardín de aquella casa de Londres, que su padre había cuidado con tanto esmero y cariño, hacían que Avery se sintiese más cerca de él, que su pérdida le doliese un poco menos.

Marcus interrumpió sus pensamientos, llevándola de vuelta al presente.

—Estoy seguro de que es consciente de que la colección iría a parar a los compradores adecuados.

Avery sonrió con cinismo.

—Mire a su alrededor, Marcus. No necesito dinero.

—Entonces, piénselo de esta manera: esos

cuadros merecen estar en manos de personas que los aprecien de verdad.

Ella se puso tensa. ¿Le habría contado David que, en realidad, a ella ni siquiera le gustaba la mayor parte de la colección? No, no podía saberlo.

–¿Está sugiriendo que no sé apreciar la colección de mi padre?

Marcus frunció el ceño y la miró fijamente. Ella contuvo el impulso de meterse detrás de la oreja los mechones de fino pelo rubio que se le habían soltado de la coleta.

–Estoy seguro de que tiene sus motivos, pero pienso que, con los incentivos adecuados, cualquiera puede cambiar de opinión.

Ella se echó a reír. Qué hombre tan osado.

–No me interesa ningún incentivo, señor Price –le respondió, utilizando su apellido deliberadamente para poner distancia entre ambos–. Ahora, si ha terminado su café, le pediré a la señora Jackson que lo acompañe a la puerta.

–¿Va a volver a ponerse a pintar? –le preguntó él, sin moverse de la silla.

Avery se puso en guardia todavía más.

–Le he pedido que se marche, señor Price.

–Marcus. Y sí, me ha pedido que me marche –le dijo él, inclinándose para pasar la mano por una mancha de pintura que Avery tenía en la mano derecha–, pero me gustaría seguir hablando de arte, en sus múltiples formas, con usted.

Ella se quedó un instante embelesada con su caricia, sin respirar. Si las circunstancias hubiesen sido distintas, se habría inclinado hacia él ella también y habría comprobado si sabía tan bien como parecía.

El gorjeo de un pájaro en un árbol cercano rompió el hechizo del momento. Avery no quería tener una aventura con Marcus Price. Se merecía algo más. Apartó la mano de la de él.

−Por desgracia, yo no puedo decir lo mismo.

Él sonrió de medio lado.

−Venga, apuesto a que se está preguntando, incluso en estos momentos, qué ha hecho mal en el cuadro.

−¿Y qué he hecho mal? −lo retó ella.

−Lo que falla es el modo en el que ha captado la luz.

−¿La luz? −repitió Avery como una tonta.

−Venga, se lo enseñaré.

Antes de que le diese tiempo a responder, Marcus se había levantado de su silla y la había agarrado de la mano. A Avery le gustó sentir el calor de sus dedos y no fue capaz de protestar mientras la guiaba escaleras abajo, hacia el caballete en el que estaba su cuadro.

−En realidad, el problema está más bien en que no ha captado la luz −le dijo Marcus−. ¿Ve? Aquí y aquí. ¿Dónde está la luz, el sol, el calor? ¿De dónde viene? ¿Dónde está la última caricia del verano?

Avery se dio cuenta de lo que quería decir, mezcló unos colores en la paleta y dio una pincelada en el lienzo.

–¿Así? –preguntó, retrocediendo.

–Sí, justo así. Sabe lo que hace. ¿Cómo es que no se había dado cuenta?

–Supongo que a mi vida le falta luz desde hace un tiempo –respondió ella sin pensarlo–. Y yo he dejado de buscarla.

Capítulo Dos

Marcus no pudo evitar ver el dolor que la consumía, pero prefirió guardar aquello en alguna parte de su mente y aprovechar en ese momento la ventaja que tenía. Llevaba meses planeando cómo iba a conseguir que Avery Cullen bajase la guardia, y no iba a perder aquella oportunidad.

Estaba cerca, tan cerca que tenía el estómago encogido. Si conseguía vender la Colección Cullen, podría por fin convertirse en socio de Waverly's, y con eso estaría más cerca de recuperar lo que le pertenecía a su familia.

–Es duro perder a un padre –comentó en tono comprensivo.

Ella asintió y Marcus vio que se le humedecían los ojos azules antes de que Avery se girase y diese un par de pinceladas más. Un caballero no debía jugar con el dolor de una mujer, pero él no era un caballero. No obstante, estaba tan cerca de su objetivo que casi podía saborear el triunfo. Vio el movimiento de los hombros de Avery al tomar y expulsar el aire.

–Por eso este cuadro es tan importante para

mí. Este jardín era el lugar favorito de mi padre, sobre todo, en otoño. Aquí siempre se sentía más cerca de mi madre. Supongo que tú también has perdido a alguien, ¿no? –le preguntó, con voz algo temblorosa.

–Sí, a mis padres.

No era del todo cierto. Había perdido a su madre tan pronto que no podía recordarla y su padre todavía vivía, aunque no sabía nada de él. Su abuelo le había pagado para que se mantuviese alejado de él y, por el momento, lo había conseguido.

–Lo siento, Marcus –le dijo ella con toda sinceridad.

Y él se sintió culpable. En realidad, no había conocido a sus padres. Su madre lo había tenido en la cárcel, donde cumplía una pena por posesión y tráfico de drogas, y él se había quedado al cuidado de su abuelo materno nada más nacer. Ella había fallecido dos años después y su padre solo había aparecido para pedir dinero a su abuelo, que se lo había dado a cambio de que dejase al niño en paz. Al final, el abuelo había vendido su posesión más preciada para deshacerse del padre de su nieto de una vez por todas. Y aquello era lo que había hecho que Marcus estuviese allí en esos momentos, en el jardín de Avery.

Se encogió de hombros, decidido a mantener el rumbo. No podía cambiar a sus padres, pero podía compensar a su abuelo por el daño que estos le habían hecho. Y para eso tenía que recuperar el cuadro que este se había visto obligado a vender.

–Hace mucho tiempo de eso, pero gracias –respondió, apoyándole una mano en el hombro y apretándoselo con suavidad.

Notó el calor de la piel de Avery y apartó la mano, obligándose a poner más distancia entre ambos. Se había dado cuenta de que ella lo encontraba atractivo e iba a utilizar eso en su beneficio, pero también tenía que dominar la atracción que sentía él. Tenía que volver a concentrarse.

–Los paisajes no son lo suyo, ¿verdad? –comentó.

–¿Por qué dices eso? –le preguntó ella–. ¿No te parece un buen cuadro? La verdad es que si estás intentando ganarte mi confianza, lo estás haciendo muy mal.

Él se echó a reír.

–No he dicho que no sea bueno. Desde el punto de vista técnico, es un buen trabajo, pero para eso una fotografía serviría también.

–Basta de falsas alabanzas –dijo ella en tono seco, recogiendo los pinceles y la pequeña mesa plegable en la que apoyaba las pinturas.

–¿Cuál es tu pasión? –insistió Marcus–. ¿Qué es lo que te enciende de verdad?

Ella lo miró, pero lo vio de manera distinta a como lo había visto hasta entonces. En esa ocasión, Marcus tuvo la sensación de que no lo miraba como a un hombre, sino como a un objeto.

—Los retratos —respondió Avery, encogiéndose de hombros—. Los desnudos.

Él sintió deseo al oír aquello. Se preguntó cómo sería posar para ella. La señorita Avery le estaba resultando cada vez más interesante, pero no quería asustarla. No, había demasiadas cosas en juego.

—¿Cómo tu tataratío?

Ella asintió con cautela.

—Veo que conoces bien tu trabajo.

—Waverly's no suele contratar a idiotas —le dijo él.

—Seguro que no. ¿Conoces la obra de mi tío?

—La estudié en la universidad. Baxter Cullen siempre ha sido uno de mis pintores favoritos —le dijo él, alargando las manos hacia el caballete—. Permite que te ayude.

—Gracias —respondió ella, para sorpresa de Marcus—. ¿Y tú pintas?

—Me temo que no es mi fuerte —respondió él con total sinceridad—, pero siempre he apreciado el trabajo bien hecho.

Ella se detuvo en las puertas dobles que daban a la casa.

—Tengo un Baxter Cullen aquí, ¿te interesaría verlo?

A él se le paró el corazón un instante. ¿No se referiría a *Bella mujer*, el cuadro que pretendía devolverle a su abuelo?

–Por supuesto, si no es molestia –dijo con naturalidad.

–No, no es molestia. Sube a mi estudio –respondió Avery.

Él la siguió por la lujosa casa, pensando que seguro que nadie de la familia Cullen había tenido que vender nada para comer.

«Puedes sacar al chico del barrio, pero no al barrio del chico», decía su abuelo. Él se había pasado la vida trabajando duro para intentar demostrarle que estaba equivocado. Algún día podría tener para ambos lo que se merecían y, con un poco de suerte y la ayuda de Avery Cullen, ese día podría estar cerca.

–Esta era la habitación infantil en la época en la que los niños se veían, pero no se oían –comentó Avery mientras indicaba a Marcus dónde podía dejar el cuadro y el caballete y ella abría unas puertas dobles que daban a un lavabo.

Él miró a su alrededor mientras Avery lavaba los pinceles. Los altos y sencillos techos reflejaban la luz que entraba por las altas ventanas y Marcus entendió que utilizase aquella habitación como estudio.

Se acercó a un pequeño, pero perfecto, desnudo de una mujer joven bañándose y tuvo que hacer un esfuerzo por controlar la respiración. Se detuvo delante del cuadro y contó lentamente y hacia atrás desde cien hasta uno. Se sentía casi como un mirón.

Tuvo ganas de quitar el cuadro de la pared y salir corriendo con él escaleras abajo, pero se contuvo. No había esperado tanto tiempo para estropearlo todo, pero no había pensado que le afectaría tanto ver el cuadro que su abuelo se había visto obligado a vender hacía veinticinco años.

—Es precioso, ¿verdad? —comentó Avery a sus espaldas—. Al parecer, era una de las criadas de Baxter. El cuadro causó bastante escándalo por aquel entonces. Isobel, la esposa de Baxter, la despidió cuando vio el cuadro, acusándola de haber tenido una aventura con su marido, y le pidió a este que destruyese el cuadro. Evidentemente, no lo hizo. Se corrió el rumor de que le había enviado el cuadro a la criada, pero no se supo quién lo tuvo después de que saliese de su casa.

—Me resulta interesante que la mujer no culpase a su marido de haberse aprovechado de la criada —dijo él, intentando hablar con naturalidad.

Avery se encogió de hombros.

—No sé si lo haría. Al parecer, la esposa tenía un carácter bastante fuerte. Probablemente lo necesitase, teniendo en cuenta que Baxter solo pensaba en su trabajo.

Marcus apretó la mandíbula para no decir lo que estaba pensando. Al fin y al cabo, la modelo de aquel cuadro no había sido otra que su propia bisabuela.

–¿Y cómo se hizo tu padre con *Bella mujer*?
–Imagino que por medio de un bróker. Es como consiguió la mayor parte de sus cuadros favoritos, aunque también se le daba bien encontrar gangas en subastas y tiendas de segunda mano. Aun así, siempre le gustaba pagar un precio justo.

–Me sorprende que tengas el cuadro aquí.
–Es mi inspiración –respondió ella sin más.
–¿Para tus desnudos?
–No solo para mi trabajo, sino para todo en general. Me recuerda que debo buscar la belleza de las cosas, sean cuales sean las circunstancias.

–Me sorprende que tengas que buscarla, estando rodeada de tanta belleza en esta casa –le dijo él, apartando la vista del cuadro para mirarla a ella.

Avery sonrió con amargura.

–Te sorprendería ver lo que me rodea y lo que se espera de mí.

Marcus se dio cuenta de que había dolor en sus palabras, pero pensó que no podía estar tan mal vivir en aquel mundo. Oyó a lo lejos las campanadas de un reloj. Se estaba haciendo tarde.

–Será mejor que me marche –le dijo–. Gracias por haberme enseñado el cuadro.

–De nada. Te acompañaré a la calle.

Llegaron a la puerta y Marcus se giró y le tendió la mano. Avery le dio la suya sin dudarlo.

–No voy a rendirme –le advirtió él sonriendo.

–¿Rendirte?

–Quiero decir que voy a seguir intentando convencerte para que me vendas la colección de tu padre.

Avery se echó a reír.

–No lo vas a conseguir.

–Suelo conseguir todo lo que me propongo –le respondió él, acariciándole el rostro con la mirada.

Ella se ruborizó y la mano se le puso ligeramente tensa antes de que la apartase de la de él.

–A lo mejor ha llegado el momento de que aprendas a afrontar la decepción –le dijo ella con voz ligeramente ronca.

–¿Piensas que no conozco la decepción? –le preguntó él.

Avery volvió a sonrojarse.

–No creo que deba pensar nada al respecto.

–Por supuesto que conozco la decepción. Eso es lo que ha hecho que me empeñe todavía más en conseguir lo que quiero en la vida.

–¿Y la Colección Cullen es lo que quieres en la vida? –inquirió ella, levantando la barbilla.

–En estos momentos, es una de las cosas que quiero –admitió él–, pero no la única.

–Eso me intriga –le dijo Avery, retrocediendo un poco, como para poner más distancia entre ambos y superar así su curiosidad–. ¿Podrías explicarme por qué son tan importantes los cuadros de mi padre en la cena? Se sirve a las ocho.

Marcus se sintió satisfecho. Había sido tan fácil como quitarle un caramelo a un niño.

–Me encantaría que lo hablásemos en la cena, pero no aquí. ¿Por qué no te invito a cenar fuera? Tengo que pasar por el hotel, pero podría volver a buscarte digamos... –hizo una pausa para mirarse el reloj Piaget que llevaba en la muñeca– en dos horas, si te parece bien, claro.

Pensó por un instante que le iba a decir que no, pero entonces la vio esbozar una sonrisa.

–Hace tiempo que no salgo, así que, sí. ¿Quedamos a las siete?

–Aquí estaré.

Marcus bajó las escaleras y se dirigió al coche que había alquilado, conteniéndose para no celebrar el triunfo levantando el puño. Cada palabra, cada segundo, lo acercaban más al éxito.

Capítulo Tres

Avery se apoyó en la puerta después de cerrarla detrás de Marcus. No se podía creer que le hubiese invitado a cenar, ni que ella hubiese aceptado a salir con él. Le incomodaban su mirada, verde y directa, y el hecho de que hubiese ido a Londres a convencerle de que vendiese la colección de su padre, pero, al mismo tiempo y por algún extraño motivo, también le despertaba un interés que no había sentido en mucho tiempo.

Además, quería averiguar por qué tenía tanto empeño en hacerse con la colección.

Al fin y al cabo, ¿qué podía tener de malo pasar un par de horas más con él?

Dos horas. Tenía dos horas para prepararse. Repasó mentalmente lo que tenía en el armario. Se había dejado casi toda la ropa de vestir en Los Ángeles, pero tenía un par de cosas que podían servirle para esa noche.

Suspiró. ¿A quién pretendía engañar? Marcus no la había invitado a cenar porque se sintiese atraído por ella. Era más probable que lo que le atrajese fuera la comisión que iba a llevarse si la convencía de que vendiese la colección.

Le dolió solo pensarlo.

No iba a desprenderse de la colección, pero eso no le impediría aprovechar al máximo la compañía de Marcus Price. La manera en la que había reaccionado al ver *Bella mujer* le había sorprendido e intrigado. Baxter Cullen había sido uno de los pintores estadounidenses más aclamados de principios del siglo XX, así que era normal que Marcus lo hubiese estudiado en la universidad. No obstante, Avery tenía la sensación de que había algo más.

Sintió un escalofrío al pensar que Marcus había mirado el cuadro casi con la misma avidez con la que la había mirado a ella en el jardín. Como si su único objetivo fuese adquirir una cosa determinada o, en su caso, a una persona.

Lo cierto era que hacía mucho tiempo que no se sentía tan atraída por nadie y eso la asustaba y la emocionaba al mismo tiempo.

Hacía mucho que no se había permitido sentir. Había dedicado toda su energía en apoyar a su padre durante los últimos meses de su vida.

En ese tiempo, Avery había perdido muchas cosas. Para empezar, a su padre, al que el cáncer le había arrebatado el cuerpo y la mente. Y después, al grupo de personas a las que había considerado amigos, que no habían estado allí cuando más los había necesitado. A excepción de Macy, su única amiga de verdad, a pesar de estar separada de ella por un océano.

La decepción que se había llevado con sus amigos le había hecho ver lo sola que estaba en realidad. Alguno la había llamado después de que el fallecimiento de su padre apareciese en los periódicos, pero no para ofrecerle su compasión, sino para preguntarle cuándo iba a volver a salir, ya que sin su presencia les daban peores mesas en los restaurantes, tenían que beber champán más barato e ir en taxi en vez de en limusina. Y ella se había dado cuenta entonces de que se había dejado utilizar con la excusa de formar parte de algo que era divertido y fácil.

Cuando por fin había abierto los ojos, había sido para mirarse a sí misma de manera muy crítica. Ella había permitido que ocurriese, había dejado que la utilizasen por lo que era, no por quien era. Después del funeral de su padre, se había prometido a sí misma que jamás permitiría que la volviesen a utilizar. Por eso se había aislado en su dolor y se había dedicado a las obras benéficas relacionadas con el arte en las que su familia había participado siempre. Había pensado incluso en crear su propia organización para ayudar a niños a cumplir con sus sueños en el campo de las artes.

Se apartó de la puerta y fue hacia las escaleras. Al menos, sabía lo que quería Marcus Price: la Colección Cullen y nada más. A pesar de sus cumplidos y de que la hiciese sentirse como a una mujer con sangre en las venas, no le haría daño siempre y cuando mantuviese los ojos bien abiertos.

Y los tenía bien abiertos.

Marcus detuvo el Jaguar que había alquilado delante de la casa de los Cullen. La idea de pasar las siguientes horas con Avery Cullen lo ponía nervioso. Comprendía el recelo de esta y sabía que tendría que ser muy cuidadoso para conseguir lo que quería. No obstante, estaba seguro de su éxito. Además, compartir una velada con ella sería un placer. Era una mujer muy bella. Una princesa de hielo, pensó sonriendo para sí mismo mientras subía las escaleras que conducían a la imponente puerta principal de la casa.

Sin embargo, la mujer que le abrió la puerta le pareció de todo menos fría, y su propio cuerpo se calentó al ver la transformación. Llevaba un vestido rojo que se le pegaba al cuerpo y el pelo rubio recogido de manera informal a la altura de la nuca. Se había pintado los labios del mismo color que el vestido y no tenía nada que ver con la mujer frágil y herida, vestida con vaqueros y una camiseta, a la que había conocido unas horas antes.

–Estás preciosa –le dijo en tono educado.

–Gracias –respondió ella, esbozando una tentadora sonrisa–. Tú tampoco estás mal.

Marcus le ofreció el brazo.

–¿Nos vamos?

Ella apoyó la mano en la fina tela de su camisa.

–¿Adónde vamos?

Marcus le dio el nombre de un restaurante y ella asintió con aprobación.

–Un sitio muy agradable. Hace tiempo que no voy.

Era un lugar íntimo y con excelente cocina, adonde Marcus sabía que acudían amantes que se movían solo en los mejores círculos sociales. Solía haber lista de espera, pero él había aprendido que en la vida no había nada como tener buenos contactos, así que había llamado a un amigo de la universidad y había conseguido una reserva.

Ayudó a Avery a sentarse en el coche y después se subió detrás del volante.

–¿No se te hace difícil conducir por la izquierda? –le preguntó esta.

–He llegado aquí sano y salvo, ¿no? –respondió él sonriendo–. La verdad es que vengo mucho al Reino Unido, así que no tienes nada que temer.

No tenía nada que temer en el coche, pensó Marcus. Lo que ocurriese durante la cena y, con un poco de suerte, después, era otro tema.

Él no podía desearla más. Agarró con fuerza el volante y se obligó a controlarse. Ya tendría tiempo para dejarse llevar. Por el momento solo tenía que asegurarse de que Avery Cullen estuviese abierta a seguir hablando. No iba a permitir que el deseo se interpusiese en su camino.

No tardaron en llegar al restaurante. Marcus detuvo el coche delante de la puerta y fue a abrir la de Avery, aprovechando la oportunidad para disfrutar de sus esbeltas y largas piernas. Iba subida en unas sandalias de altísimo tacón que le dispararon la imaginación a Marcus, quien volvió a sorprenderse de su belleza casi etérea.

Los miraron al entrar en el restaurante y el *maître* los saludó a ambos llamándolos por su nombre. No tenía que haberle sorprendido. Al indagar acerca de ella se había enterado de que, a pesar de que había crecido en California, en los últimos años había pasado la mayor parte del tiempo entre Los Ángeles y Londres, como voluntaria de varias organizaciones benéficas.

Eso había sido hasta que su padre había caído enfermo. A partir de ese momento se había retirado de la circulación y no había vuelto a aparecer en público hasta ese momento, varios meses después de la muerte de Forrest Cullen.

Se dio cuenta de que todo el mundo la miraba y deseó protegerla. Se inclinó hacia ella y le susurró al oído:

–Parece que acabas de convertirte en el principal tema de conversación, ¿eh?

Ella asintió con brusquedad.

–Al parecer, algunas personas nunca han tenido nada mejor que hacer –dijo después en tono amargo.

–A juzgar por su reacción al verte, diría que hace tiempo que no sales –comentó él después de sentarse y de que les llevasen la carta.

–No, no he salido mucho –respondió ella–. Y no ha sido tan duro como pensaba. Me refiero a no salir.

Marcus alargó la mano por encima de la mesa y le rozó el antebrazo.

–Gracias por venir a cenar conmigo esta noche.

Y notó, más que vio, la reacción de Avery ante su caricia. La piel se le puso de gallina, como si hubiese tenido un escalofrío. Lo miró a los ojos y Marcus vio pasión en ellos. Pero duró solo un instante y después Avery volvió a cerrarse. Y él se dijo que era mejor no presionarla, ya que no conseguiría nada con ello.

–Gracias a ti por invitarme –respondió Avery, haciendo un esfuerzo por mantener la compostura.

Aunque en realidad estaba sorprendida de

la reacción de su propio cuerpo. La caricia de Marcus había sido casi imperceptible, pero ella había sentido casi una descarga eléctrica. No había podido evitar mirarlo a los ojos.

Marcus Price era peligroso. No solo porque era una amenaza para su equilibrio, sino también porque era un hombre con un objetivo. Así que ella no podía bajar la guardia.

Hacía mucho tiempo que nadie le prestaba atención. Desde que su padre había caído enfermo, se había dado cuenta de que solo podía contar consigo misma.

No obstante, era cierto que se alegraba de que Marcus la hubiese sacado a cenar. El grupo de amigos con el que había solido alternar antes de la enfermedad de su padre la había defraudado, la había utilizado y ella se había dejado utilizar.

Había sido muy ingenua. Se preguntó si Marcus sería diferente. ¿Esperaría que fuese ella la que pagase la cuenta esa noche? No tardaría en verlo. Al menos, había sido directo desde el principio y, a pesar del modo en que había reaccionado su cuerpo al verlo, Avery tenía clara su postura. Marcus Price se iba a llevar una buena sorpresa si pensaba que iba a convencerla para hacer algo que no quería hacer.

Sorprendentemente, resultó ser una grata compañía y a Avery le impresionó su manera de hablar de arte. Era evidente que le entusiasmaba su profesión y que estaba decidido a tener éxito, pero además de querer ascender en Waverly's, apreciaba las obras que vendía.

Avery había crecido rodeada de personas que amaban el arte y de otras que solo lo veían como una oportunidad de inversión y sabía diferenciarlas. Su padre había sido una interesante mezcla de ambas, lo que había hecho que personas, museos y galerías le pidiesen su opinión acerca de determinadas obras en concreto.

Marcus parecía tener muchas de las cualidades de su padre. Hacía comentarios perspicaces y bien fundados, pero, sobre todo, apasionados. Tal vez fuese eso lo que más la desconcertaba. Cuando llegaron al café y al sencillo postre de frutos del bosque con nata que Marcus había pedido para compartir, Avery se dio cuenta de que no quería que la velada terminase.

Al contrario que sus acompañantes habituales, Marcus solo se había tomado una copa de vino en toda la cena y, lo más importante, no había insistido en que ella continuase bebiendo después de que él dejase de hacerlo. También le había sorprendido su amabilidad. Después de la breve conversación telefónica que habían mantenido el mes anterior, había pensado que era un hombre avasallador y persistente, pero esa noche estaba siendo todo lo contrario.

Mientras Marcus le pedía la cuenta al camarero, Avery deseó haberlo conocido en otras circunstancias, pero después se recordó que aquel hombre solo tenía un objetivo y que no debía hacerse ilusiones con él.

El camarero dejó la cuenta dentro de una cartera de cuero negro encima de la mesa. Avery fue a tomarla, pero Marcus le sujetó la mano.

–¿Qué haces? –le preguntó, con expresión confundida.

–¿Tú qué crees? –respondió ella–. Voy a pagar la cuenta.

–De eso nada –replicó Marcus con firmeza–. No puedo creer que hayas pensado que te iba a permitir pagar la cena.

–No me importa. Ha sido una velada muy agradable.

–Avery, te he invitado yo. Y aunque no lo hubiese hecho, jamás habría esperado que pagases tú nada.

Marcus puso la tarjeta de crédito en la cartera e hizo un gesto al camarero para que se la llevase.

–Ah, claro –comentó ella–. Esto forma parte de tus gastos profesionales.

–¿Eso piensas? –le preguntó él, aparentemente molesto.

–¿No es así? –lo retó Avery.

Él se echó hacia atrás sin apartar la mirada de su rostro. Luego, asintió con brusquedad.

–Es posible que haya empezado siendo así –admitió.

Avery se sintió esperanzada al oír aquello. ¿Qué significaba? ¿Se sentía Marcus tan atraído por ella como ella por él? El camarero volvió, impidiendo a Marcus decir nada más. Firmó el recibo y dejó una propina en efectivo.

–Vamos –dijo después, poniéndose en pie–. Creo que deberíamos marcharnos.

Ella se dio cuenta de que lo había ofendido. Marcus le puso la mano en la curva de la espalda para guiarla hasta la puerta del restaurante y esperó a que el aparcacoches les llevase el suyo, pero no dijo nada. La ayudó a entrar en el coche y la llevó a casa. Cuando se detuvo delante de la entrada principal, Avery se desabrochó el cinturón y se giró a mirarlo.

–Marcus, lo siento –se disculpó–. No pretendía ofenderte.

Él la miró también y la irritación desapareció de su expresión. Levantó una mano y le tocó la mejilla con suavidad. Ella deseó más, lo deseó a él.

–No, ha sido culpa mía –respondió–. Tenías razón. Si te he invitado a cenar ha sido porque tenía un motivo. Aunque no esperaba que surgiese algo más, eso es todo.

–¿Algo… más? –preguntó ella.

–Sí –respondió Marcus, acercándose–. Esto.

La mano que le había tocado la mejilla se deslizó hasta su nuca antes de que sus labios la rozasen. Avery se rindió con un gemido. Fue un beso dulce, que se terminó casi antes de empezar, pero que fue suficiente para dejarla sin respiración.

–Quiero volver a verte, Avery –le susurró él, apoyando su frente en la de ella, con la mano todavía en la nuca.

Ella deseó contestarle que sí, pero se advirtió a sí misma que lo más cauto sería rechazarlo. Había prometido que no volvería a permitir que la utilizasen, que no volvería a rodearse de personas que solo querían obtener algo de ella, sin darle nada a cambio, ni siquiera lealtad.

Reflexionó acerca de cómo había estado Marcus durante la cena: divertido, amable, natural. ¿La había avasallado? No. Ni siquiera le había dado la lata con el tema de la colección. Tal vez fuese distinto a los demás. Tal vez la desease de verdad. Con un poco de suerte, tanto como ella a él. Solo había una manera de averiguarlo. ¿Estaba preparada para asumir ese riesgo?

Respiró hondo antes de responder.

–A mí también. ¿Qué tal mañana?

–Perfecto. Tengo que ir a ver un par de galerías de arte por la mañana, pero puedo pasarme después de comer.

–Estupendo. Aquí estaré.

Marcus esperó en el coche a que subiese las escaleras y entrase en la casa, y la despidió con la mano después de que ella lo hiciese. Mientras volvía a arrancar el coche y retrocedía, Avery se preguntó si había hecho lo correcto. ¿Volvería a llevarse una decepción? ¿O podría ser lo mejor que le había ocurrido en mucho, mucho tiempo?

Capítulo Cuatro

No pudo dormir en toda la noche y cuando el sol empezó a salir Avery agradeció poder levantarse para ir a la piscina. Se aclararía la cabeza haciendo unos largos.

¿En qué había estado pensando la noche anterior? Solo se había tomado un vaso de vino, ¡uno!, y aun así se había dejado que Marcus hiciese lo que había querido con ella.

Se puso un bañador azul y corrió escaleras abajo hacia la piscina cubierta que su padre había hecho construir varios años antes. Se zambulló inmediatamente en el agua y se puso a nadar hasta que le dolieron todos los músculos. Entonces, hizo cuatro largos más y salió para tumbarse en el bordillo, respirando con dificultad. Consiguió que el cuerpo se le calmase, pero la mente no la obedeció. Seguía sin poder sacarse a Marcus Price de la cabeza, y eso hizo que volviese a ponerse tensa otra vez.

Se enrolló en una toalla y se fue a la habitación, a darse una ducha y a cambiarse. Vestida con sus habituales vaqueros y una camiseta limpia, fue al estudio y recogió sus cosas.

Había amanecido un día soleado y estaba decidida a aprovechar la luz que Marcus le había dicho que faltaba en su cuadro. Sabía que la señora Jackson le llevaría café y una magdalena o panecillo un rato después.

El sol la llenó de energía. El jardinero nuevo ya estaba ocupándose de las rosas. Ver cómo el jardín de su padre volvía a su esplendor la llenaba de alegría.

No recordaba a su madre en él, ya que había fallecido cuando ella tenía solo cinco años, pero su padre le había contado que su madre había disfrutado mucho planeando cómo sería, y que siempre había supervisado el trabajo de los jardineros.

Entre sus recuerdos favoritos de aquel jardín estaba una pequeña estatua de mármol de un ángel, a la que le había abierto su corazón infantil mientras su madre, a la que le habían diagnosticado un cáncer cuando estaba embarazada de ella, se volvía cada vez menos accesible. El tratamiento posterior al parto le había permitido disfrutar cinco años de su hija, y Avery siempre había asociado a su madre con la estatua y se había sentido fatal al ver que había desaparecido varias semanas después del funeral de su madre.

Al parecer, su padre, que se había quedado muy deprimido tras la muerte de su esposa, se había deshecho de ella. Después, al ver a su hija llorando por la estatua en el jardín, había intentado volver a comprarla, pero no había sido capaz de encontrarla. Avery había empezado a buscarla recientemente por Internet.

Por extraño que pareciese, así había sido como había contactado con su jardinero, por un foro de compraventa de antigüedades.

Lo conocía poco, pero el único fallo que le había encontrado era que se trataba de un hombre sin domicilio fijo, pero no todo el mundo quería tener un hogar y una familia. Avery sacudió la cabeza mientras se decía que era muy extraño que hubiese decidido pasar de trabajar en un enorme rancho a un lugar tan pequeño como aquel. En cualquier caso, se alegraba porque estaba haciendo muy buen trabajo con el jardín.

Colocó el caballete y se puso a trabajar mientras canturreaba.

–Pareces contenta –dijo una voz masculina desde los matorrales–. Me alegro.

Avery vio incorporarse al jardinero. Tenía unos sesenta años y los ojos muy azules, de constitución fuerte, la de un hombre que había hecho mucho trabajo físico a lo largo de su vida.

Se limpió una mano en los vaqueros desgastados y se apartó el sombrero.

–Buenos días, señorita Cullen. Hace buen día, ¿verdad?

–Buenos días, señor Wells. Sí, parece que va a hacer bueno. Veo que ya lleva un rato trabajando.

–Llámeme Ted, por favor –la corrigió él sonriendo, y su rostro rejuveneció casi diez años–. ¿Siempre está tan contenta cuando trabaja?

Ella se ruborizó al oír la pregunta. No era asunto suyo, pero se sintió obligada a confiar en él. En realidad, no tenía a nadie más. No quería abusar de Macy, que estaba planeando su vida y reformando la posada que había convertido en una escuela de arte dramático.

Macy ya estaba lo suficientemente ocupada como para preocuparse por lo que podía ocurrir o no entre Avery y Marcus.

Y su otra confidente en potencia, la señora Jackson, la protegía tanto que lo más probable era que frunciese el ceño si se enteraba de que estaba pensando en pasar más tiempo con Marcus, y no tenía ganas de verla con el ceño fruncido.

Por lo que lo conocía, parecía una persona en la que se podía confiar.

–He conocido a alguien –le dijo, casi con timidez–. Aunque no sé si la cosa irá a alguna parte.

–¿Cómo es? ¿Confías en él?

Avery se encogió de hombros.

–Buena pregunta. Casi no lo conozco. Solo sé que es muy tenaz.

–Eso puede ser bueno.

–O malo. Quiere que ponga a la venta la colección de arte de mi padre, le he dicho que no, pero ha seguido insistiendo.

–¿Tienes aquí la colección de tu padre? –le preguntó Ted.

–No, está en Los Ángeles.

–¿Y hay algún motivo en particular por el que no quieras venderla? ¿Piensas que ese hombre no haría un buen trabajo?

Avery apretó los labios antes de responder. ¿Por qué todo el mundo pensaba que iba a deshacerse de la colección? ¿No entendían lo que había significado para su padre?

–Trabaja en Waverly's, así que no dudo que sea muy profesional, pero el motivo por el que no quiero vender es personal –respondió en tono molesto.

Ted Wells sonrió de medio lado y asintió.

–Si es un motivo personal, no hay más que decir. He oído hablar de Waverly's y hacen bien su trabajo. A lo mejor podías pedirle a ese tipo que te ayude a encontrar la estatua que andabas buscando. Además, si accede a hacerlo, verás cómo es él en realidad.

Avery se quedó pensativa. Ted podía tener razón. De repente, pensó que había sido grosera por haberle hablado en mal tono un momento antes.

–Mira, siento si he sido brusca.

–No pasa nada, no quieres deshacerte de la colección. Es normal.

–En ocasiones, tengo la sensación de que es lo único que me queda de mi padre, ¿sabes? La quería tanto –dijo sin pensarlo.

–¿Y a ti, no te quería también? –le dijo Ted, mirándola de manera compasiva.

Aquellas palabras hicieron que Avery mirase en su interior. Era cierto que había habido momentos en los que no se había sentido querida, pero eso debía de ocurrirle a todos los niños. Tal vez su padre no le hubiese demostrado su cariño tanto como a ella le hubiese gustado, tal vez hubiese sido distante, pero había sido su padre. En el fondo, sabía que la había querido.

Ted se inclinó a quitar unas hierbas y siguió hablando sin esperar su respuesta.

–Los cuadros son solo cosas. Estoy seguro de que el amor que tu padre te tenía era mucho más que eso. Yo no he tenido la suerte de tener hijos, pero si los hubiese tenido, me habría gustado que supiesen que los había querido. Así es el amor, ¿sabes?

Ted tenía razón.

–¿Crees que debería vender los cuadros?

Él se encogió de hombros.

–No te puedo responder a eso. A juzgar por lo que me has contado antes, supongo que tu padre querría que los cuadros estuviesen en un lugar donde personas que los apreciasen como él pudiesen disfrutarlos.

Avery suspiró.

–Es probable que tengas razón, pero no sé si estoy preparada.

Ted asintió.

–Cuando llegue el momento adecuado, lo sabrás. Dicen que Waverly's es una de las mejores casas de subastas, así que si decides vender, la colección estará en buenas manos. Mientras tanto, piensa si quieres que ese joven te ayude a encontrar el ángel.

–Lo pensaré, gracias –le contestó ella.

–De nada –le dijo él–. Si me necesitas, estaré en la parte delantera de la casa un par de horas más.

Cuando se marchó, Avery volvió a su cuadro. Marcus había tenido razón con respecto a la luz. Miró el lugar en el que había estado la estatua del ángel y la vio con tanta claridad como si no hubiese faltado durante los últimos diecinueve años.

Sin pensarlo, tomó la paleta y los pinceles y se puso a trabajar. Se olvidó del tiempo al empezar a pintar. Casi ni oyó a la señora Jackson llamándola para que fuese a tomar el té a la terraza, continuó trabajando, ajena a al tiempo y a las protestas de su estómago.

Marcus se dirigió al jardín, donde el ama de llaves le había dicho que Avery llevaba pintando toda la mañana. Creía haberse ganado una aliada porque, después de que la señora Jackson comentase entre dientes que no había comido nada en todo el día, él le había asegurado que haría que Avery fuese a comer.

Las abejas iban de flor en flor, recogiendo el último polen de la temporada. Marcus nunca se había parado a pensar en las estaciones. En Nueva York tenía una vida muy ocupada, en ocasiones frenética, y para él el cambio de estación estaba marcado por la ropa, o por el caos que la nieve causaba en el tráfico. Al entrar en aquel jardín fue más consciente de cómo pasaba el tiempo, de cómo algunas plantas llegaban a su fin y otras continuaban igual, fuese cual fuese la estación.

Aquello le recordó que nada era para siempre. Y si la vida podía dividirse en estaciones, su abuelo estaba en el otoño. Lo que significaba que a él no le quedaba mucho tiempo para devolverle su *Bella mujer*.

La noche anterior había sido sincero con Avery al decirle que había empezado la velada con un objetivo y había terminado disfrutando de su compañía, pero no podía volver a distraerse.

Mientras él se acercaba, Avery dejó de trabajar, todavía ajena a su presencia, y retrocedió para estudiar su trabajo. Marcus vio que había progresado mucho.

—Tiene buena pinta —comentó, llegando a su lado.

Ella se giró, sonriendo.

—Ahora sí que está bien. Gracias por la sugerencia que me hiciste ayer.

—No recuerdo haberte sugerido esto —le

dijo Marcus, señalando la estatua–. No está en el jardín, pero parece formar parte del cuadro.

–Eso es –contestó ella suspirando–. Es el lugar al que pertenece.

Marcus vio que la expresión de su rostro se volvía melancólica.

–¿Por qué te pone triste?

–Esa estatua fue un regalo de bodas que la familia de mi madre le hizo a mis padres. No sé cómo era de antigua, ni de dónde procedía. Mi padre la vendió después de la muerte de mi madre. Supongo que para él implicaba demasiados recuerdos dolorosos. Yo tenía cinco años y me disgusté mucho al darme cuenta de que había desaparecido.

–No es normal, para una niña de cinco años, disgustarse por una estatua –comentó Marcus, sorprendido por su repentina vulnerabilidad.

Avery se encogió de hombros.

–Supongo que yo no era una niña como las demás. Solía estar sola, salvo cuando estaba aquí, en el jardín, con mi imaginación. Mi madre casi siempre estaba enferma y durante los seis meses anteriores a su muerte, casi no se ocuparon de mí.

A Marcus se le debió de reflejar la indignación en el rostro, porque Avery añadió enseguida:

–No me malinterpretes. Había mucho servicio en la casa. Yo tenía una niñera y la señora Jackson ya era el ama de llaves por aquel entonces.

—¿Y tu padre?

—Pasaba el máximo tiempo posible con mi madre. Se adoraban.

Marcus se giró. No se imaginaba a una pareja que se amase tanto como para desatender a su hija. Sus padres también habían sido tan egoístas, se habían dejado esclavizar tanto por las drogas, que había tenido que ser su abuelo quien se ocupase de él.

—¿Y pasabas mucho tiempo en el jardín? –se obligó a preguntar.

Avery asintió, sonriendo de manera nostálgica.

—Era mi refugio. Me escondía con papel y pinturas debajo de aquel árbol y, cuando necesitaba hablar con alguien, el ángel siempre estaba ahí para escucharme.

De repente, Marcus entendió que la hubiese afectado tanto la desaparición de la estatua, que había sido como una amiga para ella.

—¿Qué fue de ella?

—Papá se la dio a un bróker que la vendió muy pronto. Cuando se dio cuenta de lo triste que estaba yo e intentó volver a comprarla, la estatua había cambiado de manos y no la encontró. No tengo ni idea de dónde estará ahora, ni siquiera de si seguirá existiendo.

Dejó la paleta y los pinceles, estiró el cuello e hizo girar los hombros. Marcus deseó darle un masaje, pero se contuvo metiéndose las manos en los bolsillos de los pantalones.

–¿La has buscado?

–Por supuesto. Papá guardaba las facturas de todo. Y tengo fotografías, pero no he encontrado rastro de ella. He puesto mensajes en varios foros de antigüedades y arte, pero no he tenido suerte. Lo único que he encontrado ha sido a un jardinero nuevo.

–¿Un jardinero?

–Es una larga historia –le dijo ella–. Esta mañana he estado hablando con él de la estatua. Y de ti.

–¿De mí?

–Sí, Ted piensa que a lo mejor podrías utilizar tus contactos para ayudarme a encontrar la estatua. Te pagaría lo que fuese necesario.

Marcus se echó a reír.

–Regla número uno en una negociación, Avery. No admitas nunca que estás dispuesta a pagar.

Ella se ruborizó y puso los ojos en blanco.

–Ya lo sé, Marcus, pero ¿lo harás? ¿Me ayudarás a encontrar a mi ángel?

Marcus tardó tres segundos en tomar una decisión. Quería que Avery se sintiese en deuda con él. Así, le cedería la colección de arte de su padre. Entonces, él podría recuperar *Bella mujer*. Ya podía imaginarse la cara que pondría su abuelo cuando volviese a verla en la pared del salón.

–Por supuesto que te ayudaré –le respondió, tomándole las manos–. Es lo mínimo que puedo hacer.

A Avery le brillaron los ojos y él pensó que era un cerdo que no tenía corazón.

–¿De verdad? No sabes lo agradecida que estoy –le dijo ella, con los ojos llenos de lágrimas.

Él se las limpió de las mejillas y se dijo a sí mismo que el fin justificaba los medios. Avery recuperaría su estatua y él, el cuadro que había pertenecido a su familia.

Capítulo Cinco

−¿Cuándo puedes empezar? −le preguntó Avery con el corazón acelerado de la emoción.

No había esperado que Marcus accediese tan pronto a su petición.

Él se echó a reír y a Avery se le encogió el estómago al oírlo. Le encantaba el modo en que se encendía su rostro cuando sonreía, pero cuando reía, hacía que se estremeciese de pies a cabeza.

−¿Qué tal ahora mismo?

−¿En serio? ¿Tienes tiempo? −le preguntó ella con incredulidad.

−Por supuesto. Aunque, si tu padre intentó encontrar la estatua nada más venderla y no lo consiguió, no sé si yo podré hacerlo.

−Ya −respondió ella−, pero a lo mejor encuentras algo nuevo.

Marcus se dio cuenta por su manera de hablar de que estaba desesperada.

−Haré lo que pueda, Avery. ¿Por qué no entras a comer algo antes de que la señora Jackson nos mate a los dos? Luego me enseñarás todo lo que tu padre tuviese acerca del ángel.

−Puedo enseñártelo ahora. Lo tenía todo

en su despacho, y duplicados en Los Ángeles. Me pregunto...

–Avery –la interrumpió él–. Le he prometido a la señora Jackson que me aseguraría de que comías algo. Dice que ni siquiera has desayunado.

–No me hace falta... –dijo, pero el estómago le rugió en ese momento–. De acuerdo, tal vez necesite comer algo.

–Vamos –le dijo él, ofreciéndole el brazo–, antes de que la señora Jackson se enfade conmigo por no cuidarte.

Avery se echó a reír y le apoyó la mano en el antebrazo. Era agradable que alguien que no fuese un empleado se preocupase por ella, aunque aquel alguien en concreto tuviese como objetivo conseguir que vendiese los cuadros de su padre. Comieron en la cocina, bajo la atenta mirada de la señora Jackson, y después Avery condujo a Marcus al despacho de su padre.

A pesar de que la habitación se aireaba de manera regular, a Avery le gustaba pensar que todavía olía a sus puros, además de oler a papeles y libros viejos. Encendió el ordenador y después abrió un cajón, del que sacó una carpeta llena de papeles.

–Aquí está. Esto es todo lo que he podido encontrar –dijo, dándoselo a Marcus y haciéndole un gesto para que se sentase frente al escritorio, en el viejo sillón de su padre. Luego buscó en el ordenador los foros en los que había intentado encontrar la estatua–. Y estos son los mensajes.

–¿Y dices que no has conseguido encontrar absolutamente nada? –preguntó Marcus, hojeando la documentación.

–Nada –admitió Avery–. Ha sido muy frustrante.

–¿Tienes toda esta información en formato electrónico? –quiso saber él.

–Casi toda.

Se inclinó sobre él para tomar el ratón del ordenador y le tocó el brazo con el pecho. El roce hizo que se estremeciese. De repente, sentía la piel más sensible, tenía los pechos henchidos y pesados, los pezones duros... Se apartó para romper el contacto, pero eso no disminuyó el deseo que sentía por él. Agarró el ratón con dedos temblorosos y abrió el archivo en el que tenía todos los documentos. Después, se apartó y le explicó los diagramas que iban apareciendo en la pantalla.

Afortunadamente, no le tembló la voz, pero eso fue lo único que pudo controlar. ¿Qué tenía aquel hombre para hacerla reaccionar así? Avery no tenía tanta experiencia como otras mujeres a su edad, pero tampoco era una ingenua. No era la primera vez que tenía cerca a un hombre atractivo, pero nunca se había sentido tan vulnerable como en esos momentos.

La voz de Marcus hizo que volviese a centrarse en el tema que estaban tratando.

–¿Te importa si transfiero estos archivos a un *pendrive* para poder trabajar con ellos en mi hotel? Mi ordenador está conectado al servidor de Waverly's, y es probable que pueda procesar mejor algunos de los datos y ver si puedo seguir alguno de esos rastros perdidos.

Avery se mordió el labio inferior y, sin pensarlo mucho, dijo algo de lo que tal vez se arrepentiría.

–¿Por qué no te traes el ordenador aquí? De hecho, ¿por qué no dejas la habitación de hotel y te instalas en casa? No sé cuánto tiempo tienes pensado quedarte en Inglaterra, pero tengo más habitaciones de las que necesito y me vendría bien algo de compañía. Al fin y al cabo, me estás ayudando.

Él dudó antes de responder y Avery se sintió incómoda. Había estado varios meses intentando evitar a Marcus y en esos momentos lo estaba invitando a quedarse en su casa.

–Por supuesto –respondió él.

Y a Avery se le encogió el corazón al oír la respuesta.

–¿De verdad?

Él la miró y Avery se quedó atrapada en sus ojos verdes.

–Sí –dijo Marcus sonriendo–. Tendré que asistir a varias reuniones, pero también tengo algo de tiempo libre. Puedo tomármelo aquí.

Tendré que organizarme, pero puedo traer mis cosas mañana por la mañana, si te parece bien.

¿Si le parecía bien? Se sintió emocionada y nerviosa. Le parecía muy bien. Y si Marcus la ayudaba a encontrar la estatua perdida, le parecería todavía mejor.

Marcus dejó el hotel después del desayuno y metió la maleta en el Jaguar alquilado. Solo había pensado pasar un par de días en Londres, pero si iba a tener que quedarse allí un poco más, necesitaría comprar ropa. Podía quedarse un par de semanas a condición de hacer un trabajo para Ann Richarson, directora ejecutiva de Waverly's. Esta no le había contado por qué prefería que lo hiciese él y no alguien con contrato en la casa de subastas y le había pedido que la informase directamente de sus averiguaciones, escribiéndole a su correo electrónico.

Supo que aquello era otra oportunidad más para brillar. Ann era de las que animaban a sus trabajadores y los recompensaban cuando lo merecían. Él tenía como meta convertirse en el socio más joven de Waverly's y si hacía bien aquello y, además, conseguía la Colección Cullen, podría hacer realidad su sueño antes de cumplir los veintiocho años.

La petición de Ann lo había sorprendido,

pero, sobre todo, porque quería que lo hiciese en secreto, aprovechando que no estaba en Nueva York. Roark Black, el principal anticuario de Waverly's, estaba en Dubái intentando obtener una colección en la que había tesoros capaces de incitar a la avaricia hasta al sultán más cicatero. Había una obra en particular, una estatua antigua con incrustaciones de oro, que pretendían vender por más de doscientos millones de dólares. Ann le había pedido a él que averiguase más cosas acerca de la estatua.

La publicidad que rodeaba aquella subasta se preveía inmensa y la reputación de Waverly's, así como la de Ann, estaban en juego. Si resultaba que la estatua había sido robada, tal y como se rumoreaba, el daño para la casa de subastas sería irreparable. También se había sugerido que tal vez los métodos de Roark no fuesen tan honestos como debieran. No obstante, Ann confiaba en él y eso era suficiente para Marcus.

Sonrió de camino a casa de Avery. Por suerte, la investigación era uno de sus puntos fuertes, porque tanto el *Corazón dorado* como el ángel iban a exigirle mucho trabajo.

–¿Estás seguro de que puedo ayudarte con la búsqueda de esas estatuas? –le preguntó Avery esa noche, mientras se instalaban en el despacho de su padre después de la cena.

–He hablado con Ann y le he explicado los recursos que tienes aquí, y le ha parecido bien –respondió Marcus.

A él también le había sorprendido que Ann accediese a que tuviese una ayudante y que esta fuese Avery Cullen.

–Además, ¿quién conoce los archivos de tu padre mejor que tú? Es una suerte que tuviese tanto material de referencia.

Avery asintió con cautela.

–No pasa nada –insistió él.

–Pero, ¿y si no sirvo para esto?

A pesar de su dinero y elegancia, a Avery le faltaba seguridad en sí misma, hecho que hacía que a Marcus le resultase todavía más atractiva.

–En serio –insistió–. Hago obras benéficas y pinitos en la pintura. No tengo experiencia como asistente de investigación.

–No te infravalores –le respondió él con firmeza–. Haces mucho más que pinitos en la pintura y he oído hablar de tus trabajos en organizaciones benéficas. Eres exactamente lo que necesito.

Dejó que el doble sentido quedara suspendido en el aire y vio reaccionar a Avery.

–Bueno –dijo esta, tomando aire–, dicho así, ¿cómo voy a negarme?

Marcus se sentó en el sillón que había detrás del escritorio mientras Avery hojeaba el catálogo de su padre en busca de algo relacionado con los *Corazones dorados*. Poco después sacaba varios libros de las estanterías y se sentaba en el banco que había bajo la ventana a hojearlos mientras Marcus consultaba páginas web internacionales en busca de algún artículo reciente. Trabajaron en relativo silencio durante casi una hora, hasta que Avery hizo un sonido que acaparó la atención de Marcus.

–¿Has encontrado algo? –le preguntó este.

Avery se sentó con la espalda recta y pasó las páginas del libro que tenía en el regazo.

–La verdad es que hay muchísima información acerca de las estatuas y de cómo son, de la fecha de creación y todo eso, pero ¿conoces su leyenda?

Marcus se levantó de la silla y se sentó a su lado en el banco. Al hacerlo, se vio envuelto por la suave fragancia de Avery. En esos momentos, y a pesar de estar muy interesado en las estatuas, lo único que quería era enterrar el rostro en su pelo e inhalar su aroma.

–Cuéntamela –le pidió, haciendo un esfuerzo para no tocarla, para no hundir los dedos en su sedoso pelo rubio, para no probar sus labios y ver si seguían siendo tan dulces como el sábado, cuando había tenido que conformarse con un casto beso de buenas noches.

–Este libro es el que más información tiene acerca de las estatuas del *Corazón dorado de rayas*. Dice que las tres fueron encargadas por el rey de los rayas. Al parecer, son exquisitas. Mira, aquí hay una fotografía.

Avery giró el libro hacia él y se acercó un poco más al hacerlo. Marcus pensó que era natural que colocase el brazo detrás de ella. Encajaba bajo su hombro... a la perfección. Demasiado bien. Marcus se obligó a concentrarse en la página que tenía delante. La fotografía, a pesar de ser en color, no debía de hacerle justicia a la estatua.

Colocada en un pedestal de oro macizo y con un corazón de oro puro en el pecho, la estatua femenina, de unos sesenta centímetros, era impresionante.

–¿Crees que se hizo utilizando como modelo a una mujer real? –le preguntó Avery.

–Si así fue, era muy bella. Aunque un poco corta de estatura para mi gusto –bromeó él.

Avery arqueó las cejas.

–Qué poco respeto. Pensé que tenías que tomarte esto en serio.

Marcus la vio sonreír a regañadientes y pensó que tenía razón. Aquello era muy serio. El jeque de Rayas se había puesto en contacto con Ann y la había acusado de querer vender obras robadas.

Si la estatua que Roark Black había conseguido era robada, la casa de subastas perdería el respeto de la industria y a muchos clientes, además de las consecuencias jurídicas que tuviese el caso. Waverly's se hundiría y, Ann Richardson, que era la capitana del barco, se hundiría con ella.

–Está bien, lo siento. Sigue contándome –le pidió.

–Las estatuas se encargaron para las tres hijas del rey, para que les diesen suerte en el amor mientras adornasen sus palacios. Según la leyenda, las hijas tuvieron suerte en el amor, lo mismo que varias generaciones posteriores. Al parecer, hace un siglo desapareció una de las estatuas. Hay quien dice que se hundió con el Titanic, pero no hay nada que lo confirme. Entonces, esa rama de la familia empezó a sufrir enfermedades y a tener mala suerte... tanto en el amor como en el dinero. Dicen que hoy en día no queda ningún miembro de esa rama de la familia. ¿No te parece muy triste?

–Es duro pensar que tu vida depende de tener o no tener una estatua –comentó él, dándose cuenta después de que Avery también necesitaba recuperar la estatua del ángel.

¿Pensaba esta que su propia felicidad y bienestar dependían de un trozo de mármol tallado? No podía ser. No obstante, él sabía bien lo que era perder un recuerdo de familia. Tal vez la vieja leyenda fuese más allá del reino de los Rayas.

Capítulo Seis

Cuando Marcus se despertó a la mañana siguiente todavía estaba oscuro fuera, aunque el amanecer ya estaba empezando a alargar sus largos dedos color melocotón por las nubes. La noche anterior le había costado mucho trabajo conciliar el sueño debido a una doble frustración. Por un lado, pensar que Avery Cullen estaba durmiendo tres puertas más allá, en el mismo pasillo.

Por otro, el hecho de que a pesar de haber pasado dos horas más buscando información con Avery, no habían encontrado nada acerca de las estatuas.

Cuando por fin habían decidido dejarlo, Marcus había llamado a Ann, que le había sugerido que intentase hablar directamente con el príncipe Raif, que era quien la había acusado de comerciar con antigüedades robadas. Si alguien tenía respuestas, sería él, aunque Marcus dudó de que fuese a recibir de buen grado sus preguntas, si es que accedía a hablar con él.

Había concertado una llamada con su alteza real, el príncipe Raif de Rayas, para esa mañana a las nueve de la mañana. En Rayas eran tres horas más que en Londres, así que faltaba poco para que fuesen las nueve allí. Tenía tiempo para darse una ducha rápida antes de hacer la llamada.

Unos minutos más tarde estaba en el despacho, marcando el número que Ann le había dado la noche anterior. Tuvo que hablar con varias personas antes de que el príncipe Raif lo atendiese.

–Buenos días, su Alteza. Gracias por acceder a hablar conmigo.

–No me las dé, señor Price. Aunque supongo que comprenderá que Waverly's no es mi tema de conversación favorito en estos momentos –le respondió el príncipe en tono educado.

–Lo comprendo, sí. No obstante, pienso que sus acusaciones son infundadas. En estos momentos estoy realizando una investigación al respecto y...

–¿Infundadas? No lo creo. El *Corazón dorado* de mi familia ha sido robado y, varios meses después, su empresa asegura que va a sacarlo a subasta. Qué coincidencia, ¿no? Permita que le deje claro que pienso que la ética de su empresa no me convence.

La respuesta del príncipe fue tajante, pero Marcus no se desanimaba fácilmente.

–¿No le parece posible que la estatua que tenemos en nuestro inventario sea la que desapareció hace un siglo? –insistió.

El príncipe suspiró molesto.

–No, señor Price, no. Tendrán noticias del FBI y de la Interpol, que están investigando el caso. Le sugiero que aconseje a la señorita Richardson que tome las medidas necesarias para devolver la estatua a mi familia o que admita que es falsa.

–¿Y si no es falsa? –preguntó Marcus.

Lo mejor habría sido que Ann hubiese podido hablar con Roark Black y que hubiese obtenido la información que necesitaba directamente de él. Y habrían podido avanzar mucho si hubiesen podido ver la estatua, pero Black la había guardado en una caja fuerte antes de desaparecer en el Amazonas, dejándole a Ann solo fotografías y sus propias comprobaciones.

El príncipe interrumpió sus pensamientos.

–Si la estatua que está en posesión de Waverly's no es falsa, entonces es un artículo robado. Que me pertenece.

–¿Qué piensa de la leyenda, su alteza? ¿Cree que mientras haya un *Corazón dorado* en un palacio real en Rayas la familia siempre tendrá suerte en el amor?

El príncipe tomó aire sonoramente y respondió en tono enfadado:

–Eso es solo asunto de mi familia, y no tiene nada que ver con el robo.

–No pretendía ofenderle, pero me gustaría entender mejor la historia de las estatuas y el significado que tienen para su familia.

Hubo un breve silencio al otro lado de la línea. Luego, el príncipe volvió a hablar, pero en un tono distinto.

–Digamos que la ausencia de la estatua ha causado dolor a mi familia. ¿Tiene hermanos, señor Price?

–No –admitió Marcus.

Luego pensó en la información que Avery le había dado en relación con las estatuas. Se preguntó si le habría pasado algo al príncipe Raif o a su hermana pequeña, a la que mantenía alejada de la prensa internacional.

–En ese caso, no puede comprender la profundidad de mi preocupación. Dígale a la señorita Richardson que si desea seguir hablando del tema, espero que lo hagamos en persona, que no se esconda detrás de sus empleados.

Antes de que a Marcus le diese tiempo a responder el príncipe había terminado la comunicación. Él dejó el teléfono en el escritorio que tenía delante y pensó que estaba en un punto muerto. Abrió su ordenador y mandó un mensaje al correo privado de Ann detallándole su conversación con el príncipe Raif. No se pondría contenta al verlo.

Después cerró el ordenador y apoyó la espalda en el sillón de cuero, con las manos en la nuca y suspirando con frustración.

–¿Va todo bien, Marcus?

Avery estaba en la puerta ataviada con un

bañador negro y un albornoz abierto. Él se puso tenso al ver sus largas piernas, su esbelta figura y su piel ligeramente bronceada. El bañador, a pesar de cubrirle gran parte del cuerpo, le marcaba la curva de los generosos pechos y de la estrecha cintura. Marcus se olvidó de las estatuas, teniendo delante a semejante mujer de carne y hueso.

–¿Marcus? –insistió ella, al ver que no le respondía.

–Todo bien. Acabo de hablar por teléfono con el príncipe Raif de Rayas. Piensa que la estatua del *Corazón dorado* que Ann va a sacar a subasta es de su familia y que, si no, es falsa. No lo entiendo, Roark Black jamás cometería un error así.

–Entonces, a lo mejor es la estatua que desapareció hace un siglo.

–Eso espero.

–¿Por qué no vienes a darte un baño a la piscina? A lo mejor te ayuda a relajarte. Tenemos bañadores de sobra, si no has traído.

Marcus lo pensó a pesar de saber que no se relajaría lo más mínimo estando en una piscina con Avery.

–Buena idea –respondió.

La siguió escaleras abajo y se preguntó si el agua de la piscina estaría caliente. Si no era así, él la calentaría.

–Te puedes cambiar allí –le informó Avery, señalando el vestuario.

–Gracias –dijo Marcus, marchándose mientras ella se quitaba el albornoz y se zambullía en el agua.

Una vez en el vestuario, se quitó la ropa y tomó un bañador que había en una estantería. Por suerte, era más bien holgado y disimularía la excitación que había intentado controlar desde que había visto a Avery en la puerta del despacho.

Avery estaba flotando en el extremo más alejado de la piscina cuando Marcus salió del vestuario y estuvo a punto de hundirse al ver la perfecta simetría de su cuerpo. Pensó que tal vez no había sido buena idea animarlo a bañarse con ella.

Se quedó sin respiración mientras él buceaba la piscina entera y aparecía justo delante de ella.

–¿Ya has terminado de nadar? –le preguntó sonriendo.

–No, te estaba esperando.

–¿Quieres que echemos una carrera?

–Por supuesto –respondió Avery–. ¿Por qué no? ¿Diez largos?

Él asintió.

–¿Quieres que te deje salir antes?

–¿Qué dices? –preguntó ella riendo–. ¿Por quién me tomas?

–Por una niña –bromeó Marcus–. Además,

tengo que admitir que en la universidad era el segundo de mi equipo de natación.

–¿Solo el segundo? –replicó ella–. Yo era la primera.

Y dicho aquello empezó a nadar hacia el otro extremo. Llevó la delantera durante los tres primeros largos, aunque no por mucho, y tuvo que hacer un esfuerzo para que Marcus no la adelantase a partir del quinto. Este, al parecer, había empezado con tranquilidad, porque aceleró en el último largo y llegó al borde de la piscina mucho antes que ella y se quedó esperándola.

Avery llegó casi sin aliento, agotada, mientras que Marcus parecía tan tranquilo.

–Debiste de estar en un buen equipo –comentó ella cuando recuperó la respiración.

–El mejor durante cinco años.

Luego la agarró y la acercó a él.

–Creo que merezco un premio por ganar, ¿no?

Ella se estremeció al notar el roce de su cuerpo y de su inconfundible erección.

–¿Un premio? –preguntó–. ¿Qué clase de premio?

–Este –respondió Marcus, acercándola más y besándola.

Avery se aferró a sus hombros, pero no por miedo a ahogarse, sino por el miedo que le causaba lo que estaba sintiendo en esos momentos. Porque quería que Marcus la siguiese besando, que profundizase el beso y mucho más. No podía desearlo más.

Le abrazó con las piernas por las caderas y apretó el centro de su cuerpo contra su erección. Se dio cuenta de que aquello sí que estaba haciendo que a Marcus le costase respirar. Entonces, de repente, Marcus le agarró las piernas para desengancharlas de su cuerpo y se apartó de ella.

−¿Qué ocurre? −le preguntó Avery, dolida por el rechazo.

−Que esto no está bien, Avery. Acabamos de conocernos. Además, soy tu invitado, estoy aquí para ayudarte, no para seducirte. Lo siento, pero no tenía que haber llegado tan lejos. Ha estado completamente fuera de lugar.

Se apartó de ella por completo. Avery se agarró con fuerza al bordillo.

«¿Y si yo quiero que me seduzcas?», se preguntó a sí misma. Pero aunque hubiese hecho la pregunta en voz alta, Marcus no la habría oído porque se había puesto a nadar hacia el otro lado de la piscina. Salió de ella y a Avery le dio tiempo a ver las anchas espaldas, la cintura estrecha, el trasero enfundado en el bañador negro y mojado, las piernas largas y fuertes, antes de que se envolviese en una toalla. Ni siquiera se duchó, en su lugar, fue al vestuario a recoger su ropa y después, subió las escaleras.

Avery suspiró. No supo si sentirse dolida

por la brevedad de su encuentro o aliviada de que Marcus fuese, al fin y al cabo, un caballero.

Subió a su habitación poco después y se duchó. Tenía una reunión con una de las organizaciones benéficas en las que participaba, así que no le dio mucho tiempo a pensar en lo ocurrido en la piscina. Era la primera vez que acudía en persona desde el fallecimiento de su padre y era importante su presencia antes del evento en el que se recogerían los fondos, que tendría lugar ese fin de semana. Era una de sus organizaciones favoritas, ya que ofrecía a niños de toda clase una oportunidad para desarrollar su talento.

Se asomó al despacho antes de bajar a tomarse un café a la cocina, pero Marcus no estaba allí.

–¿Ha desayunado ya el señor Price, señora Jackson? –preguntó al entrar en la cocina.

–No, señorita Cullen. Me ha pedido que le diga que estará fuera todo el día. Al parecer, tenía algo que hacer al norte de Londres. Me ha dicho que volverá tarde, que no lo espere.

Avery no pudo evitar volver a sentirse rechazada. Intentó que no le doliera, pero no pudo evitarlo.

–Ah, de acuerdo. Seguro que es un hombre muy ocupado.

La señora Jackson la estudió con la mirada.

–También me ha dicho que se pondría a

trabajar en el asunto que usted le había encargado en cuanto volviese.

Aquello hizo que Avery se sintiese esperanzada. Tal vez no se hubiese marchado fuera de Londres todo el día para huir de ella.

–Gracias –le dijo a su ama de llaves sonriendo.

Marcus se arrepintió de haber huido de Avery el día anterior. Era un hombre de mundo, capaz de lidiar con una mujer bonita, sobre todo, si era para conseguir lo que quería. No obstante, el día anterior, mientras la tenía entre sus brazos, se había olvidado por completo de sus objetivos. Otra vez. Eso era lo que le hacía Avery. Por ese motivo había necesitado marcharse, para recordarse a sí mismo qué había ido a hacer a Inglaterra. La *Bella mujer* tenía que volver a su familia.

La noche anterior había hablado por teléfono con su abuelo y había cometido el error de contarle que había visto el cuadro. El silencio al otro lado de la línea le había resultado ensordecedor.

–Así que lo habían vuelto a comprar los Cullen –había dicho por fin su abuelo–. No querrán volver a deshacerse de él, ¿verdad?

–Estoy trabajando en ello, abuelo.

Era lo único que había podido decirle y la futilidad del comentario había mantenido viva una ira alimentada todavía más por el recuerdo de Avery Cullen entre sus brazos. Del bañador mojado bajo sus manos, de la sensación de tener sus largas piernas alrededor de las caderas y el centro de su cuerpo apretado contra una erección que Marcus había luchado por contener durante gran parte de la mañana.

Le llegaba de tantas maneras que era gracioso. A él, que siempre había sido un manipulador, que había utilizado su encanto para ascender en la vida. A él, que era inmune a la vulnerabilidad. A él, Marcus Price, que cuando quería algo, trabajaba y utilizaba su inteligencia para conseguirlo.

«Quieres a Avery Cullen», le dijo una vocecilla en su interior. Él la escuchó, lo aceptó. Por supuesto que quería a Avery Cullen. ¿Qué hombre heterosexual en su sano juicio no la habría deseado? Pero quería todavía más la *Bella mujer.*

Y volvió a la casa de Avery con aquello en mente.

Pensó que el ambiente estaría tenso durante la comida, pero Avery se mostró alegre y cariñosa. De hecho, a excepción del rubor de sus mejillas nada más verlo, actuó como si no hubiese ocurrido nada entre ambos y como si su repentina marcha del día anterior hubiese sido algo normal. Muy a su pesar, a Marcus le molestó verla tan tranquila y cuando Avery lo invitó a acudir a un evento benéfico el fin de semana, aceptó rápidamente. El acontecimiento tendría lugar en la casa de unos amigos de la familia de Avery y podría proporcionarle nuevos contactos para futuros negocios. Incluso podía conocer a alguien que lo ayudase a seguir los pasos de la estatua del ángel con la que tan obsesionada estaba Avery.

El viernes por la tarde, fueron juntos al castillo Fernclere. A pesar de haber hecho amigos de familias muy influyentes en los años de universidad, jamás había visto semejante monumento a la riqueza y a la longevidad.

–¿Qué te parece? –le preguntó Avery con cautela.

–Me parece que deben de tener un don para los negocios, para seguir siendo los dueños.

Avery asintió.

–Sí, y también son coleccionistas de arte. Ese es uno de los motivos por los que permiten que el evento se realice aquí cada año. Te gustará su extensa galería.

Aquello aumentó el interés de Marcus. Negocios a parte, últimamente había pocas cosas que le gustasen más que ver colecciones de arte privadas. En el interior del castillo, los acompañaron a sus habitaciones y los invitaron a bajar a tomar el cóctel con los anfitriones antes de la cena. Avery ya le había advertido de que las costumbres del castillo eran anticuadas y que había que ir muy elegante a la cena, pero Marcus no se había preparado para verla cuando llamó a su puerta un rato después.

Llevaba un vestido azul hielo que le llegaba a media pierna, drapeado y vaporoso, de corte estilo griego que le dejaba al descubierto la curva de los pechos y la delicada piel de su escote y de sus hombros. Marcus tuvo que hacer un esfuerzo para no meterla en su habitación y llevársela a la cama con dosel que había en ella. Tuvo que apretar los puños y controlar su cuerpo.

–¿Vamos? –le preguntó, ofreciéndole el brazo.

Ella apoyó los delgados dedos en su chaqueta.

–Me alegro de que hayas venido conmigo –le dijo Avery mientras bajaban las impresionantes escaleras que llevaban al primer piso.

Antes de que le diese tiempo a responder los saludaron otros invitados. Avery no tardó en presentarle a todo el mundo y él tuvo la sensación de que, a pesar de los abrazos y los besos, parecía sentirse más acosada que bien acogida. También oyó algún fragmento de conversación, nada ofensivo, pero tampoco cien por cien amable.

Era evidente que aquella noche había muchas personas que habían conocido a Avery por su familia, y esta estaba mucho más relajada con ellas, pero Marcus no tardó en darse cuenta de que aquellos que se llamaban amigos de Avery solo tenían un tema de conversación. Todos le habían dado el pésame por la pérdida de su padre, pero también le habían dicho que estaban deseando que volviese a la rutina. No hacía falta ser un genio para darse cuenta de que muchos la estaban utilizando, ya fuese como tarjeta de crédito o por otros motivos. Marcus perdió la cuenta del número de veces que alguien le pidió que le presentase a otra persona.

Él sabía bien cómo funcionaba la creación de una red de contactos. Era adepto. No habría llegado donde estaba sin tenerla, pero le molestó ver que Avery se dejaba utilizar.

—¿Hay alguien aquí que sea realmente tu amigo? —le preguntó después de varias presentaciones.

—¿Piensas que no tengo amigos? —preguntó ella en tono burlón.

—No quería decir eso y lo sabes. Es solo que tengo la sensación de que todo el mundo te está utilizando para conseguir algo.

—¿Acaso no lo hacemos todos? —le respondió ella en voz baja—. Han venido a apoyar mi causa, así que yo también quiero conseguir algo, ¿no?

Avery sonrió y se encogió de hombros.

—Forma parte del juego —añadió—. No me digas que tú nunca lo has jugado. Hacemos lo que debemos.

Los anfitriones se la llevaron a saludar a otros invitados y Marcus se quedó solo, apoyado en una columna y bebiendo champán francés mientras pensaba en lo que Avery le había dicho. «Hacemos lo que debemos». ¿Acaso no estaba haciendo él lo que debía? Estaba haciendo lo que le debía a su abuelo, que tanto se había sacrificado por él. ¿No justificaba el fin los medios, en aquel caso?

Pero por mucho que intentaba convencerse de que no era como los demás aduladores que rodeaban a Avery, no podía negar que también era culpable. Y eso no le hacía sentirse bien. Sabía que Avery se sentía atraída por él, y sabía el tipo de mujer que era. Era de las que se entregaban en cuerpo y alma. Él no. El amor nunca había formado parte de su plan.

El amor había hecho que su madre no viese los defectos de su padre y que hubiese caído en las drogas. El amor la había destruido. Marcus no quería hacerle daño a Avery y sabía que si tenía una aventura con ella, se lo haría.

Deseó que accediese a venderle la colección para poder después comprar la Bella mujer y alejarse de ella antes de romperle el corazón.

Capítulo Siete

Avery observó con disimulo cómo, al otro lado de la mesa, Marcus charlaba con las personas que tenía al lado durante la cena. Lo hacía muy bien, conquistando a las mujeres, tanto a las jóvenes como a las mayores, e impresionando a los hombres. De vez en cuando levantaba la vista y la miraba, le sonreía. Y eso hacía que Avery se sintiese bien. Era una sensación que estaba empezando a iluminar la oscuridad en la que se había estado sumida desde la muerte de su padre.

Pensó en el motivo que había llevado a Marcus a su vida y se preguntó si estaba haciendo lo correcto al no querer deshacerse de la colección. ¿A qué quería aferrarse en realidad?

Recordó las palabras de Ted Wells. ¿De verdad pensaba que su padre la había querido menos que a sus cuadros? Si lo pensaba bien, lo cierto era que en el fondo siempre había sabido que su padre la quería. También sabía que, dado que era la viva imagen de su madre, su padre también había sufrido mucho viéndola.

No obstante, quedarse con la colección no cambiaría el pasado ni su niñez.

Tomó la copa de vino, le dio un sorbo y se dio cuenta de que acababa de tomar una decisión. Y aquella decisión hizo que se emocionase de una manera extraña. Pondría la colección a la venta. Era lo correcto. Y Marcus Price era el hombre adecuado para representarla. Ya solo necesitaba encontrar el momento adecuado para decírselo.

El sábado volvieron a Kensington tarde. El evento benéfico había sido un éxito y Avery, satisfecha, contuvo un bostezo cuando ya estaban llegando a su casa.

–¿Estás cansada? –le preguntó Marcus, apartando la mano del volante para acariciarle el dorso de la suya.

–Un poco –admitió ella.

La noche anterior se habían acostado tarde, pero lo que le había impedido dormir había sido su decisión de vender la colección. La subasta benéfica de esa mañana le había servido de distracción mientras buscaba el mejor momento para darle a Marcus la noticia. Para ella era algo tan importante que no quería decírselo sin más. Quería que supiese que confiaba en él y en que iba a hacer su trabajo lo mejor posible.

Ya había calculado la suma de dinero que

podría recaudar. Había pensado en la posibilidad de utilizarlo para construir una sede para la organización benéfica, un lugar que pudiese acoger a más niños.

Una vez en casa, Avery decidió que había llegado el momento. El equipaje de ambos ya estaba en sus habitaciones y la señora Jackson les había preparado una cena ligera.

Habían terminado de cenar y estaban relajados, tomándose una copa de vino, cuando Avery se lanzó.

–Marcus, he estado pensando –empezó.

–¿En la estatua? Mira, siento no haber averiguado nada nuevo, pero espero conseguir algo pronto.

Ella negó con la cabeza.

–No, no es eso. He tomado una decisión acerca de la colección de papá.

Marcus dejó su copa de vino encima de la mesa y la miró a los ojos. Avery se dio cuenta de que había tensión en su rostro.

–¿Y qué has pensado?

–He decidido vender, y me gustaría que fueses tú, y Waverly's, quienes lo hicieseis en mi nombre.

Él expiró y Avery buscó en su rostro una expresión de triunfo, pero no la encontró. Su expresión era indescifrable.

–¿Estás segura? –le preguntó Marcus.

La pregunta la molestó. ¿No era aquello lo que quería? ¿No había estado varios meses llamándola por teléfono para conseguir aquello? ¿Por qué no se alegraba de su decisión?

–Por supuesto que estoy segura. Tiene sentido que pueda estar en manos de alguien que aprecie el arte.

–También podrías cedérsela a una galería o a un museo –le sugirió él.

–Pensé que querías venderla. ¿Has cambiado de opinión? –le preguntó Avery, levantándose de la silla para moverse.

Marcus se puso en pie también y la agarró de los hombros para que lo mirase.

–No he cambiado de opinión, pero me pregunto por qué lo has hecho tú. Tengo que admitir que para mí sería muy importante vender la colección de tu padre, pero solo quiero que lo hagas si estás realmente preparada.

–Si no lo estuviese, no te lo habría dicho –replicó ella–. He estado pensándolo y me he dado cuenta de que los motivos por los que quería conservarla no eran tan importantes como pensaba.

–¿Qué motivos eran? –le preguntó él, acariciándole los brazos.

–Supongo que comprenderás mejor que nadie lo importante que era para mi padre esa colección. Tardó años en reunirla y antes de vender alguna obra siempre lo pensaba mucho. Amaba cada cuadro como si fuese un hijo.

–¿Y pensabas que los había querido más que a ti?

–Sí. Y mantener la colección me hacía sentirme más cerca de él –admitió Avery suspirando–. Después de hablar con Ted el otro día, me di cuenta de que tener esos cuadros no me sirve de nada.

–¿Ted?

–El jardinero. Casi no lo conozco, pero me ha hecho darme cuenta de muchas cosas.

–A veces es más fácil para alguien de fuera tener un panorama general de la situación –le dijo Marcus, abrazándola contra su pecho.

Ella se sintió bien entre sus brazos. Segura. Apoyó la mejilla en su pecho, aspiró su olor y escuchó los latidos de su corazón.

–Entonces, ¿vas a aceptar mi oferta de representar la colección? –le preguntó Avery–. ¿O busco a otra persona?

Él se puso tenso un instante, y se relajó otra vez al darse cuenta de que hablaba en broma.

–Por supuesto que sí. Puedo preparar el contrato ahora mismo si quieres.

Avery negó con la cabeza.

–No, ahora no, pero no te preocupes, no cambiaré de opinión. Quería pedirte otra cosa más.

–¿Otra cosa más? ¿El qué?

–¿Me puedes hacer el amor?

Marcus notó un zumbido en los oídos y se dio cuenta de que tenía que volver a respirar.

Alzó una mano para acariciarle el rostro a Avery y apartarle un mechón de pelo.

–¿Estás segura?

Ella sonrió.

–Tengo la sensación de que esta noche tienes muchas preguntas, cuando lo que deberías hacer es pasar a la acción.

Marcus se echó a reír, incapaz de creer la suerte que había tenido. Primero, la colección. Y después, aquello. No era tan tonto como para no aceptar, sobre todo, con una mujer tan bella como Avery.

–Tienes razón, soy un idiota, pero aprendo pronto la lección –le dijo él antes de besarla.

Ella se entregó, le enterró las manos en el pelo y lo sujetó como si quisiera evitar ahogarse. Como si Marcus fuese el principio y el final de todas sus esperanzas y sueños.

Tanta responsabilidad podía agobiarlo. A pesar de saber que era una mujer que se movía bien socialmente, había estado muy protegida durante su niñez y era evidente que tenía las emociones a flor de piel. Anteriormente, había evitado a mujeres como Avery, pero ninguna lo había cautivado tanto ella. Acostándose con Avery entraría en un territorio desconocido.

Su sabor era embriagador y Marcus perdió la razón mientras Avery le dibujaba el contorno de los labios con la punta de la lengua. Dejó que él metiese la suya en la boca y se la succionó, haciendo que Marcus se excitase todavía más.

A regañadientes, este se apartó de ella y le tomó las manos. No recordaba haber deseado tanto a nadie, pero no quería que su primera vez fuese en la alfombra del salón, por cara que fuera. La llevó hacia la puerta y subieron las escaleras para ir a su habitación, donde cerraron la puerta.

Una vez allí, Marcus volvió a abrazarla y la hizo retroceder lentamente hacia la cama mientras le sacaba la blusa de la cinturilla de la falda e intentaba desabrochársela. Avery también estaba luchando con su cinturón. Se lo quitó y le desabrochó el pantalón para meter la mano por sus calzoncillos y torturarlo con sus caricias.

Poco después estaban los dos desnudos y Marcus solo podía pensar en tenerla en la cama y hacerle el amor. Tenía que saciar aquella necesidad que lo estaba consumiendo. Avery dio un grito ahogado al notar que sus piernas se entrelazaban y que ambos caían sobre la cama, y aquello le recordó a Marcus lo frágil y dulce que era. Este intentó contenerse prometiéndose a sí mismo que antes o después se desahogaría, pero primero tenía que asegurarse de que ella lo acompañaba en aquel camino de placer.

Pasó las manos por su estrecha cintura, las llevó hacia los pechos y jugó con ellos, haciendo que los pezones se le endureciesen todavía más. Luego inclinó la cabeza para tomar uno de ellos con la boca y acariciarlo con la punta de la lengua. Avery se retorció debajo de él y gimió mientras se aferraba a sus hombros y le clavaba las uñas en la piel. A él le gustó la sensación y disfrutó de ella antes de tomar el pezón con los dientes y apretárselo suavemente.

Avery levantó las caderas de la cama y apretó su sexo contra la erección de Marcus. Este sintió que se volvía loco, pero hizo un esfuerzo por seguir controlándose. Abrió la boca un poco más y tomó con ella el pecho, chupándolo primero con fuerza y después con suavidad, para pasar después al otro.

Avery se estremeció y él siguió acariciándola, acercándose cada vez más al centro de su cuerpo, pero sin llegar a él. Cuando Marcus la acarició por fin entre los muslos, ella volvió a aferrarse a sus hombros con fuerza.

–Me estás torturando –gimió.

–¿Quieres que pare? –le preguntó él en tono de broma.

–¡Ni se te ocurra!

Marcus se echó a reír y recorrió con su boca el mismo camino que había hecho su mano. No estaba seguro de cuál de los dos estaba sufriendo más, si Avery, que se estaba retorciendo debajo de su cuerpo, o él mismo, que estaba deseando hacerla suya. Pensó en que ambos tenían que disfrutar por igual y eso lo ayudó a continuar controlándose. Quería que aquella fuese la mejor experiencia que había tenido Avery en toda su vida.

Le mordisqueó la parte interna de los muslos antes de pasarle la lengua por el clítoris. Ella no lo decepcionó, levantó las caderas y él se las agarró con firmeza para tenerla justo donde quería tenerla. Rodeó con la lengua la perla rosada de su sexo un par de veces, hasta que no pudo aguantar más y la chupó con fuerza. Notó el momento exacto en el que Avery explotaba por dentro, sintió cómo se sacudía su cuerpo y la oyó gritar de placer.

Y ya no pudo esperar más. Sacó un preservativo del cajón de la mesilla de noche, se lo puso y se colocó entre sus piernas. Le costó penetrarla, pero no desistió. No podía esperar ni un segundo más. Con su sabor en la lengua, su cuerpo entre las manos y sus músculos internos apretándole la erección, retrocedió ligeramente y volvió a avanzar. Una y otra vez. Hasta que no supo dónde terminaba su cuerpo y dónde empezaba el de Avery. Eran uno.

Avery volvió a agarrarse a sus hombros y a clavarle las uñas en la piel, pero Marcus casi no lo notó. Estaba cada vez más cerca del clímax y lo único que podía hacer era moverse cada vez con más rapidez, hasta que notó que llegaba al límite. Entonces se dio cuenta de que Avery estaba tan excitada como él, notó cómo se abrazaba a su cintura con las piernas y que le brillaban los ojos de satisfacción, la oyó gemir y se perdió por completo. Luego se tumbó de lado sin separarse de ella, con sus cuerpos todavía unidos y los corazones acelerados.

–Increíble... –dijo ella con la voz temblorosa, sonriendo con timidez.

–Lo mismo pienso yo –respondió Marcus, también sin aliento.

Tardó varios minutos en ser consciente de que tenía que salir de su cuerpo y quitarse el preservativo. Avery protestó al notar que se apartaba.

–Vuelve aquí –le ordenó.

Él la besó, salió de la cama y fue al cuarto de baño. Se vio en el espejo y se dio cuenta de su expresión de satisfacción. De hecho, todavía no se podía creer que hubiese tenido tanta suerte. Sin coacción alguna, Avery se había entregado a él y, además, le había entregado lo que necesitaba para ponerle la guinda a su carrera, todo en una sola noche. Ya casi podía saborear el champán con el que celebraría el éxito en Waverly's.

Se lavó las manos, apagó la luz y volvió a la cama, donde Avery seguía tumbada, bañada por la luz de la luna. Parecía un ser sobrenatural, con el pelo extendido sobre la almohada y la piel blanca.

Al verlo acercarse, se incorporó.

–¿Va todo bien?

Él sonrió.

–Mejor que bien.

Avery alargó las manos hacia Marcus, que volvió a tumbarse en la cama y disfrutó de sus nuevas caricias. A pesar de ser una mujer reservada cuando estaba en público, en privado era todo lo contrario, y Marcus se dio cuenta de que aquella parte de ella le gustaba... y mucho.

Capítulo Ocho

El domingo durmieron hasta tarde y Marcus se despertó con las suaves caricias de Avery, que recorrían los rayos de sol que entraban por la ventana y se reflejaban en sus hombros.

–Quiero pintarte –le dijo ella en voz baja–. Como estás, cubierto solo por los rayos del sol.

–¿Podemos desayunar primero? –preguntó él, notando cómo respondía su cuerpo a pesar del maratón de sexo que habían compartido la noche anterior.

Avery se echó a reír y a Marcus le gustó el sonido. No se parecía en nada a la mujer retraída y reservada a la que había conocido la semana anterior.

–Por supuesto –le respondió Avery, apartando las sábanas–. Le pediré a la señora Jackson que nos traiga el desayuno a mi estudio.

–Coqueta –le dijo él, alargando las manos para agarrarla, pero Avery se levantó y fue directa al cuarto de baño.

Al llegar a la puerta, ya con la mano apoyada en el pomo, se detuvo, y Marcus observó su cuerpo desnudo.

–¿Entonces? ¿Tienes hambre? –le preguntó ella de manera provocadora mientras abría la puerta.

Marcus la vio desaparecer y gimió, y ella respondió con una carcajada.

Tardaron un buen rato en vestirse y subir al estudio. Marcus arrugó la nariz al oler a café. La cafetera de plata estaba en un aparador de estilo recargado. Contuvo una sonrisa. Ni siquiera con el dinero que ganaba llegaría nunca a tener los lujos a los que Avery estaba acostumbrada.

Esta le sirvió una taza de café y le puso la cantidad de azúcar que le gustaba sin pensarlo.

–Ya he decidido lo que voy a hacer con el dinero de la venta de la colección –le dijo mientras le daba la taza.

Le contó sus planes para la organización benéfica en la que participaba y Marcus notó que se ponía nervioso. No podía creer que hubiese tenido tanta suerte. Se giró hacia el cuadro que llevaba casi una vida intentando recuperar. La *Bella mujer* por fin estaba al alcance de sus manos.

Tuvo que hacer un esfuerzo para hablar con naturalidad.

–Parece que ya lo tienes todo organizado. Estoy deseando hacer las fotografías y el inventario de la colección. Podría empezar con la *Bella mujer* hoy mismo, si te parece.

Las siguientes palabras de Avery fueron como un jarro de agua fría para Marcus.

–Ah, no, este cuadro no va a formar parte de la venta. Las obras de las que me voy a deshacer están en la casa de Los Ángeles.

–¿Estás segura? –le preguntó él–. Solo con este cuadro podrías ayudar a esos niños durante años. Yo pienso que deberías reconsiderarlo.

A pesar de sus esfuerzos, Avery debió de percatarse de su frustración, porque retrocedió un paso y frunció el ceño. Marcus pensó que tenía que haberse dado cuenta de que a una mujer como Avery había que coaccionarla con delicadeza. Sabía que podía hacerlo, a pesar de no poder evitar sentirse un poco culpable. El fin justificaba los medios. Así tenía que ser.

–He dicho que no está a la venta y punto –insistió Avery–. ¿Quieres decir que el resto de la colección no es suficiente para Waverly's?

–No, no he dicho eso, pero los coleccionistas conocen las obras que tenía tu padre. Preguntarán por qué no sacamos a subasta la colección completa.

–Pues esta obra no está incluida en la colección. De todos modos, en realidad no es un cuadro impresionista, ya que es de un periodo muy posterior. A los puristas no les interesará.

Marcus tenía que seguir intentándolo.

–No obstante, es de estilo impresionista, Avery. Es evidente que forma parte de la colección, ¿no crees? Al menos, tú padre debía de considerarlo así, si no, no lo habría incluido en su colección a pesar de la relación con el autor.

Avery no lo entendía. ¿Por qué insistía tanto Marcus en incluir aquel cuadro en la venta? Casi parecía molestarle que no quisiera deshacerse de él.

Se acercó al cuadro y se abrazó con fuerza. Había perdido a su madre, había perdido a su padre. Había accedido a vender el resto de las pinturas de su padre. ¿No era todo eso suficiente? ¿Tenía que deshacerse de todo?

«No», se respondió a sí misma. No tenía por qué.

–En cualquier caso, no me voy a deshacer de este cuadro porque siento que me une al pasado de mi familia y es una prueba de la apreciación de la belleza que ha pasado de generación en generación. No está a la venta y no tengo nada más que decir al respecto, Marcus. Por favor, respétalo.

–Lo siento, no pretendía disgustarte –le dijo él, acercándose a ella por la espalda y abrazándola.

Avery pensó que era cierto, la había disgustado. No podía evitar preguntarse por qué insistía tanto en aquel cuadro.

Notó el calor de su respiración en la nuca y un beso en el mismo lugar y no pudo evitarlo, se estremeció de deseo.

–¿Me perdonas? –le preguntó él en voz baja, trazándole una línea de besos por el cuello y bajando por el hombro.

Ella suspiró. Por supuesto que lo perdonaba. Al fin y al cabo, Marcus solo había querido hacer lo mejor posible su trabajo, no tenía ninguna motivación oculta. Se lo había dejado claro desde el principio. Era evidente que también estaba mirando por sus intereses y que quería que la subasta saliese lo mejor posible.

–Sí, te perdono –le respondió, girándose entre sus brazos y dándole un beso en los labios.

La cosa iba bien entre ellos y Avery quería que siguiese así.

–¿Vas a posar para mí? –le preguntó.

–Te diré una cosa –respondió Marcus, quitándose la camiseta y dejando su torso al descubierto–. Si yo voy a tener que estar desnudo, tú también.

Ella sonrió.

–Antes tendré que hacer unos bocetos.

–Pero para eso no necesitas estar vestida, ¿no?

–Supongo que no –admitió Avery, acalorada solo de pensarlo.

–Entonces, ¿a qué esperas?

Avery intentó mantenerse tranquila y distante mientras se desnudaba y tomaba su libreta y sus lápices, pero se puso nerviosa al verlo desnudo, tumbado en el sofá delante de ella.

—¿Qué pasa? —le preguntó Marcus.

—Nada que no pueda solucionar —respondió Avery, levantándose del taburete y dejando sus cosas—. Tal vez si posaras así...

Se acercó a él para colocarle el brazo a lo largo del costado, con la mano apoyada en la cadera. Mientras lo hacía, Marcus echó la cabeza hacia delante para lamerle suavemente un pezón. Ella se estremeció de placer.

—¿Qué te ha parecido eso? —le preguntó él.

—Me parece que al menos la pose está mejor ahora —respondió ella casi sin aliento.

Aquello era ridículo. Bastaba con que la tocase para que se derritiese por él. Avery solo conocía una manera de arreglar aquello.

—O, a lo mejor, estarías mejor así —añadió, haciendo que se tumbase boca arriba, con los hombros apoyados en los cojines del sofá.

Marcus guardó silencio mientras ella se arrodillaba su lado y le pasaba la mano por la cadera. Avery vio que se excitaba y continuó bajando por la pierna para subir después por la otra.

—Sí —murmuró—. Esto ya está mucho mejor.

Marcus estaba completamente excitado y Avery inclinó la cabeza hacia delante y su trenza le acarició el muslo. Lo miró a los ojos y abrió la boca, se humedeció el labio inferior con la punta de la lengua.

Él se puso tenso, los ojos le brillaron como esmeraldas. Avery tomó su erección con la mano y la lamió de arriba abajo.

–¿Qué te ha parecido eso? –le preguntó, utilizando deliberadamente sus mismas palabras.

Al parecer, Marcus se había quedado sin habla y tenía los puños cerrados. Avery repitió el movimiento, en esa ocasión, oprimiéndolo con los labios al llegar a la punta. Lo hizo una y otra vez, hasta que lo oyó gemir.

–¿Avery?

–¿Umm? –respondió ella, acariciándolo con la lengua.

–Me estás matando.

–Tienes razón, a lo mejor debería parar –le sugirió, apartándose un instante.

–¡No! ¡Sí!

–¿En qué quedamos, Marcus? –le preguntó, sentándose a horcajadas sobre él mientras seguía agarrándolo con la mano.

Él buscó en sus vaqueros, que estaban tirados en el suelo. Sacó un preservativo y lo abrió. Se lo puso y sujetó a Avery por las caderas para colocarlo encima de él.

–¡Así!

La sensación de poder que tuvo Avery encima de él fue asombrosa. Empezó a moverse y lo hizo gemir, y no tardó en notar una exquisita sacudida de placer en su interior.

Se apretó contra él y volvió a alejarse, una y otra vez, hasta que notó cómo Marcus llegaba al clímax y se dejó llevar por las sacudidas de éxtasis que amenazaban con dejarla sin conocimiento.

Su cuerpo siguió palpitando mientras ella se dejaba caer encima del pecho de Marcus. Se le había deshecho la trenza y su melena suelta se extendió entre ambos. Era increíble, cómo la hacía sentirse Marcus. No quería que aquello se terminase, pero sabía que él solo estaría allí unos días y no quería malgastarlos.

Abrió los ojos y miró adonde estaba el cuadro de la *Bella mujer*. El cuadro la inspiró por fin, así que se levantó y tomó de nuevo el cuaderno y el lápiz.

—No te muevas –le ordenó–. Te quiero justo así.

—Ya me has tenido así –respondió Marcus sonriendo.

Ella se echó a reír e insistió:

—No te muevas.

Inspirada nuevamente, Avery hizo volar el lápiz por el papel y fue moviéndose por la habitación para cambiar de ángulo varias veces antes de quedar satisfecha con el resultado final.

—He terminado –anunció contenta, acercándose a enseñarle sus bocetos a Marcus.

***

Marcus no tardó en darse cuenta de que aquello era lo que se le daba bien a Avery. De hecho, su talento era similar al de su antepasado, Baxter Cullen.

–Son buenos –comentó.
–¿Eso piensas?

A Avery pareció sorprenderle la alabanza. Y eso hizo que Marcus se preguntase algo.

–¿Nunca le has enseñado a nadie tu trabajo?

Ella negó con la cabeza.

–En general, pinto por placer y en alguna ocasión he donado alguno de mis cuadros a alguna subasta anónima, ya sabes, donde las personas que pujan no tienen por qué saber quién es el autor.

–Me sorprende. Deberías pensar en montar una exposición. Si quieres, podría organizártela yo.

–Ya lo pensaré. No… sé si estoy preparada para exhibirme de esa manera. Pinto sobre todo porque me gusta hacerlo y así, contigo… Bueno, quiero decir que es fácil cuando amas el tema.

Marcus se puso tenso. ¿Acababa de decir Avery que lo amaba? Esta no parecía haberse dado cuenta de lo que había dicho, en su lugar, se había levantado y se había acercado a la

Bella mujer. Se quedó hipnotizado con la imagen de su cuerpo desnudo bañado por la luz del sol.

—Baxter debió de amarla, ¿no crees?

Lo que pensaba Marcus era que Baxter Cullen había utilizado a Kathleen Price, o Kathleen O'Reilly, ya que en la época del cuadro todavía había utilizado su apellido de soltera. Dudaba mucho que la hubiese amado. Avery se giró y lo miró. Era evidente que esperaba una respuesta. Él se levantó del sofá y se acercó a su lado.

—¿Qué te hace pensar eso? —le preguntó.

—No lo sé, la manera en la que está pintado el cuadro. No me parece posible crear algo tan bello sin amor.

—Tal vez con deseo —comentó Marcus—, pero ¿amor? No lo creo.

Marcus opinaba que si Baxter Cullen hubiese amado a Kathleen se habría enfrentado a su esposa, o al menos la habría ayudado cuando la habían despedido. No. Baxter Cullen había utilizado a aquella mujer, que estaba en una posición más débil que él. Se había aprovechado de su poder. Marcus estaba seguro. Su abuelo le había contado que Kathleen Price había sido una mujer de honor e integridad, no la típica amante de un hombre rico. Se había matado a trabajar para sacar adelante a su familia, por eso se había casado tarde y solo había tenido un hijo. No había sido de las que tenían una aventura con un hombre mayor y casado, de otra clase social. Había sido una mujer con escrúpulos, y Marcus no creía que se pudiese decir lo mismo de Baxter Cullen.

–¿No lo ves? Yo creo que es evidente en cada pincelada. Así –dijo ella, pasándole la mano por el hombro.

Marcus le agarró la mano y se tocó con ella la mejilla.

–Estás idealizando lo que no es más que una buena obra de arte.

Avery lo miró... ¿Era pena lo que había en sus ojos?

–Oh, Marcus. Tienes que ir más allá de la técnica y de los medios e intentar ver el alma de los cuadros.

–Prefiero mirarte a ti –murmuró él, acercándola a su cuerpo y besándola, distrayéndola a propósito de algo en lo que sabía que jamás estarían de acuerdo.

Esa noche volvieron a hacer el amor, despacio y sin la intensidad del día anterior, y no hubo ninguna posible mala interpretación del grito de placer de Avery al llegar al clímax.

–¡Te quiero, Marcus!

Él se sintió culpable y, al mismo tiempo, se sintió bien. Deseó aceptar aquellas palabras, pero supo que no podía. Porque antes o después tendría que separarse de Avery Cullen y, cuando lo hiciese, quería hacerlo con la *Bella mujer*.

Capítulo Nueve

Avery paseó sola por el jardín. Marcus estaba atendiendo uno de sus negocios con Waverly's y.

A pesar de que no podía recriminárselo, le echaba de menos. Se había acostumbrado a su presencia con demasiada facilidad, se había vuelto adicta a sus encuentros sexuales. Nunca se había considerado una mujer especialmente sensual, pero en brazos de Marcus se había convertido en una lasciva. Sabía que su declaración de amor, dos noches antes, lo había sorprendido. Había notado su cambio en él. No era que se hubiese apartado de ella, pero sí estaba diferente.

Era probable que la culpa fuese suya, por haberle dicho tan pronto que lo quería. Marcus era un hombre de mundo, mientras que ella siempre había estado muy protegida. Era cierto que había estado una época saliendo mucho, pero se había dado cuenta de que aquella vida no era para ella. Lo que le importaba era tener una familia, un hogar, rodearse de las personas y las cosas que amaba, en las que confiaba.

Se preguntó si Marcus podría amarla o si, en el fondo, seguía utilizándola. Sonrió al pensar en cómo se habían utilizado el uno al otro al amanecer, antes de que él tuviese que vestirse y marcharse a tomar un vuelo con destino a Mánchester, donde iba a reunirse con un posible cliente. Al recordarlo, se dijo que todo el mundo utilizaba a alguien alguna vez. Ella estaba acostumbrada a que la usasen, de hecho, se había convencido a sí misma de que no importaba o de que, al menos, podía vivir con ello. Pero con Marcus era diferente. Deseaba que la quisiera tanto como ella a él.

El día anterior había vuelto a posar para ella y le había vuelto a sacar el tema de *Bella mujer*. Avery no entendía su obsesión por aquel cuadro. ¿Por qué no aceptaba que no iba a deshacerse de él, ni por amor ni por dinero?

–Te veo muy pensativa.

La voz de Ted Wells interrumpió sus pensamientos.

–Ah, sí. Tengo muchas cosas en las que pensar. Por cierto, seguí tu consejo acerca de la colección de papá. Voy a subastarla en Waverly's.

–¿Y estás contenta con la decisión? Ya sabes que puedes cambiar de opinión.

–Sí, lo sé –admitió Avery–. Pero estoy contenta. No obstante, voy a quedarme con uno de los cuadros. Es el único que tiene algún significado para mí, aunque Marcus piensa que debería incluirlo en la venta.

Ted se encogió de hombros.

–No sé por qué tendrías que hacerlo, si no quieres. Por cierto, ¿qué tal las cosas con tu joven príncipe? La señora Jackson me ha contado que últimamente estáis pasando mucho tiempo los dos juntos.

Avery se ruborizó. La última vez que había hablado con Ted acababa de conocer a Marcus, y no había pasado mucho tiempo desde entonces.

–La cosa va bien –le dijo, incapaz de contener una sonrisa–. Me está ayudando a buscar la estatua, como me sugeriste. No sé si está consiguiendo averiguar algo más que yo, pero sé que lo está intentando. Lo único que me molesta de él es que insista tanto con la *Bella mujer*.

–Es evidente que Marcus Price no ha llegado donde está sin ambición –comentó Ted.

–Lo sé, y cuando no habla de trabajo, es estupendo.

–Veo que estás encantada con él.

–La verdad es que sí. Creo que me he enamorado. ¿Puede ocurrir así, Ted? ¿Alguna vez te has enamorado tan pronto que te has sentido aturdido?

Ted sonrió.

–Sí, y siempre he dicho que uno debe escuchar a su corazón.

***

El resto de la semana transcurrió sin incidentes, a excepción de las maravillosas noches que Avery pasó entre los brazos de Marcus.

Esa mañana, Marcus había estado hablando por teléfono, poniéndose de acuerdo con un fotógrafo de Waverly's para que se ocupase de la colección de Los Ángeles y poder preparar el catálogo. David Hurley, el secretario de Avery, le había enviado la información necesaria de todos los cuadros. Marcus también se había puesto de acuerdo con David acerca de la empresa de mudanzas que realizaría el traslado de los cuadros a Nueva York.

Avery también había estado muy ocupada. Había empezado a hablar con la organización benéfica del fondo que se tendría que crear para los edificios que había planeado comprar con los beneficios de la venta.

Había invitado a Marcus a que la acompañase a la inauguración de una galería de arte esa noche, pero este le había dicho que no podía porque tenía que aprovechar la diferencia horaria entre Londres y Los Ángeles para hablar con David.

En esos momentos, Avery estaba a punto de salir. La galería le había enviado un coche a recogerla, así que al menos no tendría que preocuparse por aparcar. Se asomó al despacho para despedirse de Marcus antes de marcharse.

–Vaya, a lo mejor tenía que haberte acompañado –comentó Marcus, levantándose de detrás del escritorio nada más verla.

Avery sentía que se derretía cada vez que lo veía. Giró y el vestido rosa de seda y organza se levantó, dejándole al descubierto las piernas.

–¿Te preocupa que se me lleve otro? –bromeó ella.

–Que lo intenten y tendrán que vérselas conmigo –respondió Marcus muy serio.

Ella se quedó sin respiración. Aquello era lo más parecido a decir que era suya. Para Avery, no existía otro hombre. Su corazón estaba allí, en su casa, con Marcus, ¿podía empezar a tener la esperanza de que él se sintiese igual?

–Les daré tu número de teléfono –dijo, obligándose a hablar con naturalidad.

–Sí –dijo Marcus, agarrándola de la mano para acercarla a él–. Dáselo para que los espante a todos.

En ese momento se oyó el timbre de la puerta, que los avisaba de que había llegado el coche.

–Tengo que irme.

–Pues vas a tener que retocarte el pintalabios.

–Lo llevo bien…

Marcus la besó apasionadamente, dejándole claro lo que estaba deseando hacer en cuanto volviera.

–Puedo quedarme en casa –sugirió Avery, con el corazón acelerado.

–Es una idea muy tentadora, pero tengo que trabajar –respondió él, haciéndola girar y empujándola hacia la puerta–. Ve y pásalo bien, pero no demasiado, ¿de acuerdo?

Avery se retocó el pintalabios en el coche y todavía seguía sonriendo cuando llegó a la galería. Ya había mucha gente y aceptó una copa de champán de uno de los camareros que circulaban por la sala antes de empezar a pasearse y a saludar a las personas a las que conocía. Las obras no eran de su gusto, demasiado oscuras y violentas. De hecho, algunas le hicieron sentir náuseas. Pensó que cumpliría y se marcharía a casa. Dejó la copa de champán sin haberlo probado en una mesa y, en su lugar, fue a servirse un poco de agua mineral.

–¡Avery! Cuánto tiempo.

Esta se giró y se obligó a sonreír.

–Peter Cameron, qué alegría verte. ¿Qué te trae por Londres?

Avery se inclinó para darle uno de esos besos al aire que servían para saludar a un conocido, pero le sorprendió que este la besase justo al lado de la boca. Pensó que no había podido hacerlo por accidente, y contuvo las ganas de limpiarse el rostro.

–La publicidad, ¿qué otra cosa podría ser si

no? –contestó él riendo–. Ahora trabajo en Rothschild's, en sus oficinas de la zona comercial de Londres.

La última vez que Avery había visto a Peter había sido en Los Ángeles. Había intentado salir con ella y a Avery no era que le resultase poco atractivo, pero había algo en él que no le gustaba.

–¿Y ya echas de menos el sol y la playa? –le preguntó, mirando por encima de su hombro un reloj que había colgado de la pared y preguntándose si quedaría muy mal decirle que se marchaba.

–Todavía no –le respondió él–. Por el momento estoy muy ocupado, aunque no sé si voy a soportar el invierno inglés. ¿Qué haces tú en Londres?

–Me vine a estar con mi padre cuando enfermó... y he decidido quedarme.

–Ah, sí, lo siento mucho –le dijo Peter–. Dado que estamos los dos en la misma ciudad, podríamos ponernos al día. ¿Qué te parece si cenamos juntos mañana?

Ella negó con la cabeza.

–Gracias, pero no puedo. Estoy saliendo con alguien.

–Ah, así que los rumores son ciertos –comentó él, molesto–. Dime, ¿lo conozco?

–Es posible –le dijo Avery, encogiéndose de hombros–. Trabaja para la competencia. Es Marcus Price.

Peter silbó.

–Sí que ha sido rápido. Mi querido Marcus tiene mucho éxito con las mujeres. Supongo que también te ha convencido para que vendas la colección de tu padre.

Avery entendió la frustración de Peter. Él mismo había intentado en muchas ocasiones conocer a su padre cuando todavía vivía para ver si tenía la intención de vender su colección.

–Me temo que eso es información privilegiada –le respondió ella.

Peter le guiñó un ojo.

–Lo que ocurre entre las sábanas, en ellas se queda. No pasa nada, lo comprendo, pero deberías considerar seriamente la posibilidad de vender la colección por medio de Rothschild's. Te puedo garantizar que nuestro trabajo es mucho mejor.

A Avery no le gustaron sus palabras ni su tono de voz. Por suerte, fue capaz de contenerse y de seguir siendo educada.

–Mira, me alegro de verte, pero tengo que marcharme. Tengo otro compromiso –mintió.

Aunque, en realidad, lo tenía con Marcus.

–Saluda a Marcus de mi parte –le dijo Peter cínicamente.

–Por supuesto –respondió ella.

–Me alegra ver que ese tipo ha conseguido algo de éxito, aunque dudo que consiga pulirse completamente.

–¿Qué quieres decir? –le preguntó Avery.

–Que he oído que ha llegado hasta donde está de la manera más dura. De origen obrero, le crio su abuelo después de que su madre falleciese en la cárcel de una sobredosis. Dicen incluso que su abuelo pagó a su padre para que no volviese a acercarse a Marcus. Me lo han contado algunos de sus compañeros de colegio. Ya por entonces era un tipo muy resuelto. Consiguió estudiar con becas, por supuesto.

–Por supuesto –repitió Avery, que lo único que sentía por Marcus era respeto.

De hecho, si hubiese podido amarlo todavía más, lo habría hecho en ese momento. A Marcus le había costado mucho trabajo llegar adonde estaba. No lo había tenido todo en la vida.

–¿Qué, te sigue gustando tu figura de Waverly's? –le preguntó Peter–. Hará lo que sea necesario para conseguir lo que quiere. Te aconsejo que traigas la colección a Rothschild's. No lo lamentarás.

–La verdad es que no creo que encajase bien en Rothschild's. Siempre me han enseñado que tienes que respetar a las personas con las que haces negocios.

Su respuesta no lo disuadió, pero eso le demostró el tipo de hombre que era Cameron.

–No lo critiques sin conocerlo –le respondió él en tono malicioso–. Sea lo que sea lo que Marcus puede hacer por ti, yo podría hacerlo mejor.

La indirecta le causó náuseas a Avery, que pensó que tenía que alejarse de él antes de ponerse en evidencia.

–Te había dicho que me alegraba de verte, pero no es cierto. Buenas noches.

Pero Cameron estaba decidido a ser quien tuviera la última palabra.

–La basura apesta, Avery. Recuérdalo. Y estoy seguro de que Price tiene muchos trapos sucios. En cuanto se los encuentre, te lo contaré.

Ella se dio la vuelta y se marchó, ni siquiera esperó a que el mayordomo que había en la puerta le pidiese el coche. Se subió a un taxi rápidamente, como si su cordura dependiese de ello. Le dio la dirección al taxista y entonces se dio cuenta de que estaba temblando. Nunca le había gustado Peter Cameron, pero en esos momentos, lo odiaba.

Sopesó la información que este le había dado con la que ya tenía de Marcus. Sí, era evidente que era un hombre resuelto, y si la información de Peter era correcta y Marcus había conseguido estudiar con becas, eso quería decir que también era tenaz y que sabía lo que quería. Ella misma había sufrido esa tenacidad en sus propias carnes. ¿Dónde estaría si Marcus no hubiese insistido en que vendiese la colección de arte de su padre?

«Estarías mucho más sola», se dijo a sí misma. Estaba deseando llegar a casa. Fuese como fuese, Marcus Price era el hombre que le había robado el corazón y estaba deseando demostrárselo.

Capítulo Diez

Después de la experiencia en la galería con Cameron, Avery se alegró de no tener que asistir a ningún otro evento el fin de semana. Además, estaba más cansada de lo habitual. Tal vez fuese por lo poco que había dormido en los últimos días. Marcus era un hombre tenaz, en el trabajo y en el amor, y le gustaba brillar en todo lo que hacía.

No obstante, todavía tenía que encontrar algún rastro de la estatua del ángel, y Avery sabía que la falta de pistas le frustraba. No era un hombre acostumbrado al fracaso. Le había sacado el tema de su niñez el domingo por la noche, pero él había respondido de manera breve y concisa, diciéndole que había tenido mucha suerte de que su abuelo le criara y que le debía mucho.

Ella casi había terminado el cuadro de su desnudo, un proyecto que había progresado mucho más deprisa que el cuadro del jardín. Le estaba dando unos retoques cuando oyó entrar a Marcus en la habitación.

–Te he traído café y comida –le dijo este, dejando una bandeja en el aparador.

–Gracias –respondió Avery, posando el pincel y limpiándose las manos–. Creo que he terminado el cuadro.

–Estupendo –comentó Marcus, sirviéndole una taza de café.

Avery aceptó la taza y se la llevó a los labios, pero no llegó a beber. El estómago protestó antes de que lo hiciera.

–¿Ha cambiado la señora Jackson de marca de café? –preguntó, volviendo a olerlo y sintiendo la misma e incómoda sensación.

–No creo –respondió Marcus, tomando la taza y dándole un sorbo–. Sabe igual que siempre. ¿Quieres que le pida que prepare otra cafetera?

–No, da igual. Esta mañana tomaré agua. De todos modos, seguro que me sienta mejor.

Tomó una de las botellas de agua que siempre tenía a mano en el estudio y la abrió para darle un buen trago.

–Acaba de llamarme mi secretaria –le comentó Marcus, tomando uno de los sándwiches que había en la bandeja.

–Vaya, se levanta muy temprano, ¿no?

–Sí, tengo mucha suerte, Lynette es una mujer muy entregada. Si te soy sincero, es tan organizada que me da miedo. Lleva treinta años trabajando en Waverly's.

–Pues sí que es tiempo.

–Sí. Y lo sabe casi todo acerca de la empresa. El caso es que me ha llamado para contarme que el martes por la noche hay un evento especial, y que se espera mi presencia.

–¿Mañana? –preguntó Avery–. ¿Y tienes que ir?

–Sí, pero tenía la esperanza de que quisieras acompañarme. Espero que no te importe, pero le he pedido a Lynette que nos reserve un billete en el vuelo de las diez de la mañana. Así llegaremos a Nueva York sobre la una y tendremos tiempo de descansar antes de la fiesta. ¿Qué te parece?

A Avery le encantó la idea. Además, no tenía ningún otro compromiso en Londres, pero, sobre todo, así no tendría que despedirse de Marcus todavía. Le alegraba que quisiera que le acompañase.

–Me parece estupendo –respondió con una sonrisa–. Haré la maleta esta tarde.

–Bien –le dijo Marcus–. Mete ropa suficiente para una semana, si puedes estar fuera de Londres ese tiempo. Espero que puedan trasladar la colección el próximo fin de semana y me gustaría estar presente cuando se haga el inventario. Después pensaremos para cuándo podemos fijar la subasta y organizar la exposición previa.

–Vaya, veo que te estás dando mucha prisa en moverlo todo –comentó Avery.

–No hay ningún motivo para retrasarlo, ¿no?

–No, no –le dijo ella–. No te preocupes, Marcus, no he cambiado de opinión al respecto.

–¿Estás segura? Todavía tienes tiempo de incluirla –le advirtió él, señalando la *Bella mujer*.

–Me refería a que sigo queriendo vender las obras que accedí a vender desde el principio –se explicó Avery.

Luego pensó que tal vez fuese el momento de preguntarle por qué estaba tan empeñado en que incluyese el cuadro de su tataratío.

–Mira, como veo que sigues empeñado en que me deshaga de ella, me gustaría que me contases por qué tienes tanto interés en que la venda.

Marcus se preguntó si debía contarle la verdad. Dudaba que Avery cambiase de opinión si lo hacía, así que optó por contarle una versión incompleta.

–Conozco al menos a un comprador que pagaría mucho dinero por ese cuadro.

–Pues se va a llevar una decepción, porque no voy a venderlo –le aseguró ella–. Y te agradecería que no volvieses a sacar el tema. No voy a cambiar de opinión, Marcus.

Él contuvo la frustración que amenazaba con delatarlo. Lo hizo por ella. Avery había estado increíble durante las últimas semanas y tenía que respetar su decisión, por mucho que le doliese hacerlo. No obstante, no había dejado de tener la esperanza de que cambiase de opinión. Al fin y al cabo, lo había hecho con respecto al resto de la colección. Por desgracia, a él cada vez le quedaba menos tiempo.

–La tenacidad es una de mis virtudes –le dijo sonriendo–, pero está bien, dejaré el tema.

–Prométemelo, Marcus. Te conozco demasiado bien –replicó Avery sonriendo también y empujándolo con suavidad.

Él le agarró la mano y la acercó a su cuerpo. No tardó en excitarse.

–¿Se está quejando de algo, señorita Cullen?

Ella se apretó contra su erección.

–¿Usted que cree? –murmuró contra sus labios.

–Creo que debería demostrarte lo tenaz que puedo llegar a ser. Para que lo recuerdes en un futuro.

Agarró la camiseta de Avery y se la quitó por la cabeza. La tiró al suelo y le acarició el escote con los nudillos. Luego se inclinó a besarla y le recorrió con la punta de la lengua el borde del sujetador antes de profundizar más la caricia.

Avery se estremeció y se le doblaron las rodillas. Gimió de satisfacción mientras Marcus le desabrochaba el sujetador y le bajaba los tirantes para que cayese al suelo.

Tenía los pezones rosados y endurecidos y Marcus le lamió uno y después el otro. Ella le entrelazó los dedos detrás de la cabeza, sujetándolo, animándolo en silencio a que continuase. Y él continuó. Tomó sus pechos con las manos y enterró el rostro en ellos, masajeándoselos hasta hacerla gemir de placer. Luego tomó un pezón con la boca y lo chupó con fuerza. Avery lo agarró del pelo. Él volvió a chupar mientras acariciaba el otro pecho con la mano.

—Marcus, me estás volviendo loca.

—Ese era mi plan —respondió él, sonriendo contra su cremosa piel y siguiendo una vena azul con la punta de la lengua antes de incorporarse y tomarla en brazos.

Ella gritó, sorprendida, y lo abrazó por el cuello.

—Déjame en el suelo, peso demasiado —protestó.

Marcus pensó que tenerla en brazos no le costaba ningún esfuerzo, todo lo contrario, le daba todavía más fuerzas. La llevó hasta el sofá y allí no tardó en desnudarla del todo.

—Estoy en una situación de desventaja, señor Price —dijo Avery mirándolo coqueta.

—Creo que ahora soy yo el que quiere pintarte —respondió él, tomando uno de los pinceles que había en una mesa cercana.

Le encantaba la manera en que Avery tenía organizado su estudio.

—¿Pintarme? Pensé que habías dicho que no se te daba bien hacerlo.

–No se me da bien, pero puedo hacer esto –respondió él sonriendo.

Llenó una jarra de agua y volvió a su lado.

–Quédate quieta, como una buena modelo, y déjame trabajar. Ya sabes lo temperamentales que nos ponemos los artistas cuando nos molestan.

Ella sonrió, pero dejó de hacerlo al ver que Marcus humedecía el pincel y lo pasaba sensualmente por su escote.

–Sí –dijo él–. Enfatizar el juego de la luz sobre tu cuerpo es la parte más importante de esta obra de arte. El modo en que tu piel brilla aquí, y cambia aquí…

Bajó por ella con la brocha, rodeando uno de sus pechos y dirigiéndola después al costado.

–Es fascinante. Hace que un hombre desee tocar, probar y sentir.

–¿Y… por qué no lo haces? –balbució Avery.

Él respondió con una sonrisa. Ella se ruborizó.

–Antes tengo que terminar mi obra.

Avery se puso a temblar mientras él aplicaba la misma técnica en el otro pecho, y dio un grito ahogado cuando le rozó los pezones con el pincel, dejándoselos húmedos y brillantes bajo la luz del atardecer que entraba por las ventanas. Marcus tuvo que hacer un enorme esfuerzo para no desnudarse y hacerla suya. Y darle las caricias que le había prometido. Pero se obligó a aguantar a pesar de saber que solo había una cosa que podía saciar semejante deseo.

Cuando llegó a los muslos, Avery estaba temblando. Marcus le pasó el pincel por el clítoris y ella alargó las manos.

–Por favor...

–¿Cómo voy a negarme, si me lo pides así? –le dijo él en voz baja, inclinándose para seguir el camino del pincel con la lengua–. ¿Mejor así?

–¿Te gusta hacerme sufrir? –le preguntó Avery.

–¿Sufrir? No. Sufrir es tocarte, y que tú no me toques a mí.

Ella se sentó, le desabrochó el cinturón y le bajó la cremallera de los pantalones. Pasó la lengua por encima de la cremallera y Marcus pensó que no iba a poder aguantar más, pero entonces notó que le agarraba la erección y se la acariciaba, primero con cuidado, después más fuerte. Y estuvo a punto de perder el control.

–Espera un momento –le pidió, apartándose para desnudarse completamente y ponerse un preservativo que llevaba en el bolsillo del pantalón.

Después, por fin, se colocó entre sus bonitas y largas piernas. Unas piernas que lo abrazaron por las caderas, sujetándolo con firmeza, mientras él utilizaba la mano para guiar su erección. Notó el calor de su cuerpo, lo húmeda y preparada que estaba para recibirlo, y la penetró despacio, hasta el fondo, donde se detuvo y disfrutó de la deliciosa sensación de tenerla a su alrededor. Entonces el instinto primario tomó el control y Marcus empezó a mover las caderas. Ya estaba cerca del límite, muy cerca.

La besó en los labios e intentó ir más despacio, recuperar el control. Trazó la línea de su cuello con la punta de la lengua, bajó por el escote hacia uno de los pezones endurecidos. Se lo metió en la boca y lo apretó suavemente con los dientes. Ella se quedó inmóvil y Marcus notó cómo sus músculos internos se sacudían a su alrededor. Las sacudidas se hicieron cada vez más fuertes, hasta que Avery gritó su nombre. Eso hizo que él se perdiese también, el clímax le invadió todo el cuerpo con una intensidad que estuvo a punto de hacerle llorar.

Se dejó caer encima de Avery, casi sin poder respirar, mucho menos, pensar. No obstante, había algo de lo que estaba seguro. No quería dejar marchar a Avery Cullen... jamás.

A la mañana siguiente tuvieron que levantarse temprano para llegar a tiempo al aeropuerto y Avery estaba tan agotada que durmió durante casi todo el vuelo. Después de recoger el equipaje y salir del aeropuerto en Nueva

York, tomaron un taxi que los llevó hasta el apartamento de Marcus. Avery sentía curiosidad por ver cómo vivía. Marcus parecía encajar muy bien en su mundo, y quería saber si ella podía estar cómoda en el de él.

Se sorprendió al ver que el taxi se detenía delante de un edificio de aspecto anónimo en Chelsea. Marcus pagó la carrera y llevó las maletas hasta la entrada, donde un portero vestido de uniforme le abrió la puerta.

–Buenas tardes, señor Price. Espero que su vuelo haya sido agradable.

–Gracias, Buck, todo bien. Esta es mi invitada, la señorita Cullen. Espero que la cuides como se merece.

–Por supuesto, señor. Bienvenida a Nueva York, señorita Cullen.

–Gracias –respondió ella, apreciando el hecho de que Marcus no fuese un desconocido en su barrio.

Subieron hasta la octava planta en el ascensor, donde Marcus abrió la puerta de su apartamento y la dejó pasar.

–Bienvenida a mi humilde morada –le dijo–. Es más pequeña de lo que estás acostumbrada, pero creo que estarás cómoda.

–Es muy bonita –dijo ella, mirando a su alrededor, mientras Marcus llevaba las maletas a la habitación principal.

Avery lo siguió por el pasillo, fijándose en los cuadros que colgaban de las paredes.

Marcus dejó su maleta encima de la cama y se giró para abrir la puerta corredera del armario. Apartó su ropa e hizo un hueco para la de ella.

–¿Estás seguro? –le preguntó Avery, sin saber qué debía hacer en aquellas circunstancias.

–Sí, no vas a dejarlo todo en la maleta. Voy a preparar algo de comer mientras la deshaces.

–Gracias, estoy muerta de hambre.

Esa mañana no había desayunado y tampoco había comido nada en el avión, dado que había estado durmiendo.

–¿Te parece bien una tortilla?

Ella fingió extasiarse de placer.

–Perfecto entonces –dijo Marcus, dejándola sola.

A Avery le resultó extraño colgar su ropa junto a la de él en el armario. Extraño y, al mismo tiempo, correcto. Aunque Marcus no le había hablado de amor en ningún momento, y compartir su armario y sus cajones no era una invitación para que compartiese su vida. Estaba más soñadora de lo habitual.

Vació el primer cajón de Marcus y colocó cuidadosamente sus cosas en los de abajo. Llevó la bolsa de aseo al cuarto de baño. Tal vez el apartamento fuese más pequeño de lo que se había imaginado, pero todo era de buena calidad.

Volvió por el pasillo hasta la zona en la que estaban el salón y la cocina, atraída por el delicioso olor a verduras y huevo.

–Qué bien huele –comentó, sentándose en uno de los taburetes que había delante de la encimera de granito–. No tenía ni idea de que también supieses cocinar.

Marcus sacó una tortilla de la sartén y la dejó en un plato que había calentado previamente. Se lo puso delante con una sonrisa.

–Sí, soy un hombre con muchos talentos.

Avery se metió un bocado en la boca.

–Está deliciosa, gracias.

–De nada.

–¿Dónde has aprendido a cocinar? –le preguntó antes de continuar comiendo.

Marcus se encogió de hombros.

–Hice muchos trabajos diferentes mientras estaba en la universidad. Uno de ellos fue de ayudante de cocina –le explicó, nombrando uno de los mejores restaurantes de Boston–. Allí aprendí un par de cosas.

Avery miró su plato y se sorprendió al darse cuenta de que estaba vacío.

–Pues debiste de aprenderlas muy bien –comentó riendo.

–Toma, cómete la mía –le dijo él, pasándole el plato.

–¿Estás seguro?

–Por supuesto. No sé si te has dado cuenta de que me preguntas mucho si estoy seguro.

Te diré que nunca hago nada si no estoy seguro de que es lo que debo hacer.

–Me alegra saberlo –respondió ella, comiéndose la segunda tortilla más despacio mientras observaba cómo Marcus batía otro huevo.

Cuando hubo preparado la tercera tortilla, se sentó a su lado.

–¿Para qué es la fiesta de esta noche? –le preguntó entonces Avery.

–Hemos conseguido adquirir el famoso manuscrito final de D. B. Dunbar. ¿Has oído hablar de él?

–No me gusta demasiado la novela fantástica, pero los nietos de la señora Jackson son seguidores de ese escritor. He oído que Dunbar era bastante joven cuando murió. ¿No se estrelló su avión en el mar o algo así?

–Sí, en Indonesia. Solo tenía treinta años. Era demasiado joven. En cualquier caso, el manuscrito es una de las obras actuales con más valor en el mercado.

–Y Waverly's va a celebrar que ha conseguido ser ella quien lo subaste. ¿Se hacen esas fiestas a menudo? –preguntó Avery, bajando del taburete para llevar su plato al fregadero.

–No, pero creo que la fiesta de esta noche es una buena idea de Ann. La casa necesita algún motivo de celebración. Últimamente hemos salido mucho en las noticias, y no precisamente por buenos motivos –le contó Marcus muy serio.

–¿Hay una campaña de desprestigio contra vosotros?

–¿Por qué lo dices? –preguntó él, mirándola con los ojos entrecerrados.

–Conozco la reputación de Waverly's. Si no confiase en ella, y en ti, no os daría la colección de papá. He oído lo que se dice de la empresa y tengo la sensación de que hay algo que no termina de cuadrar.

–Tienes razón –le aseguró Marcus–. Por eso es todavía más importante evitar que la basura que sale en los periódicos no nos afecte.

–¿A qué hora es la fiesta?

–A las ocho.

Avery se miró el reloj.

–Eso nos da algo de tiempo, ¿no crees?

Marcus sonrió.

–¿Estás pensando en lo mismo que yo?

Avery dio la vuelta al mostrador y le tomó la mano, se la llevó a los labios y le chupó el dedo índice lentamente.

–¿En qué estás pensando tú?

Capítulo Once

Avery seguía bañada en un resplandor de placer residual cuando llegaron a la fiesta. Marcus era muy popular entre los trabajadores de su empresa y ella no pudo evitar fijarse en cómo lo miraban algunas mujeres solteras. Él le presentó a todo el mundo mientras circulaban por la sala, en la que había demasiada gente y hacía calor.

Después de un par de horas, Avery se alegró de que Marcus se excusase para ir a hablar con alguien y fue a buscar algún rincón que estuviese más tranquilo. Estaba agotada. Tal vez fuese por el viaje o por el ejercicio físico que habían hecho esa tarde, o tal vez por la diferencia horaria entre Londres y Nueva York, pero el caso era que estaba deseando marcharse a la cama. Si aquella fiesta no hubiese sido tan importante para Marcus, y para el resto de Waverly's, se habría despedido ya.

Buscó a algún camarero de los que paseaban con bandejas llenas de comida con la esperanza de encontrarse mejor después de haber tomado algo.

–Debes de ser Avery Cullen, cómo me alegro de que Marcus te haya traído esta noche –la saludó una mujer alta y rubia, tendiéndole la mano–. Soy Ann Richardson, directora ejecutiva de Waverly's. Marcus me ha hablado mucho de ti.

–Seguro que te ha contado lo mucho que le ha costado convencerme para que venda la colección de mi padre –respondió Avery con una sonrisa.

–Sí. Tengo que decirte, Avery, que estamos encantados de poder representar la colección. Tu padre era una persona muy respetada en el mundo del arte. Siento mucho su pérdida. Debes de echarlo mucho de menos.

Avery notó que se le encogía el pecho del dolor, pero este ya no era tan fuerte como al principio. Se preguntó si eso se debía a que estaba enamorada de Marcus o a que había encontrado el valor necesario para desprenderse de las cosas materiales que la habían unido a Forrest Cullen.

–Sí –respondió sin más.

Ann le tocó el brazo, como si la comprendiese. Avery, que estaba deseando cambiar el tema de la conversación, la felicitó por el reciente éxito de Waverly's.

–Sí, la verdad es que conseguir el manuscrito de Dunbar ha sido una suerte para la casa –admitió Ann–. Aunque es una pena que no vayamos a poder tener más obras suyas.

–¿Era profesor, verdad?

–Tengo entendido que enseñaba en un colegio privado en Washington. Y, sí, sabía lo que le gustaba a su público. Todas sus obras se han convertido en *bestsellers*.

–Toda una proeza. Supongo que su familia se quedaría destrozada con el accidente –murmuró Avery.

–No tanto. Su único heredero, un primo lejano, según tengo entendido, ha liquidado todos sus bienes en poco menos de un año.

–Bueno, eso le viene bien a Waverly's –comentó Avery.

–La verdad es que sí.

Charlaron un rato más y después Ann se excusó y dejó a Avery, que pensó que, a pesar de la mala prensa de la otra mujer, esta era relativamente cariñosa y simpática. Le costó creer que los rumores de que comerciaban con objetos robados fuesen ciertos.

Volvió a sentirse cansada y buscó un lugar donde sentarse mientras esperaba a Marcus, que seguía conversando con un grupo de personas en la otra punta de la habitación. Mientras lo hacía, él levantó la vista y la miró. De repente, se mostró preocupado y Avery lo vio dejar el grupo y acercarse a ella.

–¿Estás bien? Estás muy pálida –le dijo, agarrándola por la cintura.

Ella agradeció poder apoyarse en su fuerte cuerpo.

–No sé qué me pasa –respondió.

–Te llevaré a casa –le dijo Marcus con firmeza.

–No es necesario. Tomaré un taxi. Tú no puedes marcharte tan pronto. Para ti es importante estar aquí –le respondió.

–Tú eres más importante.

Sus palabras la impactaron de tal modo que a Avery se le llenaron los ojos de lágrimas.

–Gracias –le dijo sonriendo–. ¿Nos despedimos entonces?

–Espera, antes voy a decirle a Ann que nos marchamos. Ella se lo dirá a quien pregunte por mí. De todos modos, mañana vendré a trabajar.

Marcus no tardó en volver y la acompañó hasta la limusina que los estaba esperando.

–¿Por qué no vamos en taxi? –preguntó Avery riendo al verla.

–Ann ha dicho que vayamos en su coche, y no iba a decirle que no.

Se sentaron en la parte trasera y Marcus le puso el brazo alrededor de los hombros. Tuvo que despertarla cuando llegaron a su casa y la ayudó a ponerse el pijama y meterse en la cama. Antes de quedarse completamente dormida, Avery notó su brazo alrededor de la cintura y un beso en el hombro.

A la mañana siguiente, Marcus se levantó temprano y, al salir del cuarto de baño, le sorprendió encontrarse a Avery ya levantada, escogiendo la ropa que se iba a poner. Por suerte, tenía mejor cara que la noche anterior, pero no se le habían quitado las ojeras.

–¿Estás segura de que debes levantarte tan pronto? –le preguntó, tomando una corbata a juego con la camisa azul clara que llevaba puesta.

–Por supuesto. Estoy bien. Además, si tú te vas a pasar todo el día en el trabajo, he pensado que podía ir al Metropolitan. Dan una charla que parece interesante.

–No quiero que te esfuerces demasiado –protestó Marcus.

–Voy a desayunar antes de marcharme, si eso te hace sentir mejor –bromeó ella, tomando sus cosas y metiéndose en el baño.

Cerró la puerta tras de ella y Marcus se concentró en hacerse el nudo de la corbata. Estaba a punto de salir de la habitación cuando oyó un ruido sordo en el cuarto de baño.

–¿Avery? –la llamó, con la mano en el pomo de la puerta.

Pero no obtuvo respuesta.

–¡Avery! –repitió en voz más alta–. ¿Estás bien?

Nada. Marcus giró el pomo y abrió la puerta. El corazón le dio un vuelco al verla tendida en el suelo. Se agachó a su lado y Avery no tardó en empezar a parpadear.

–¿Me he desmayado? –preguntó sorprendida.

–Voy a llamar a una ambulancia –le dijo él, sacándose el teléfono móvil del bolsillo del pantalón.

–No, no llames. Estoy bien. Solo me he mareado un poco, eso es todo. De verdad, Marcus. No llames a una ambulancia, por favor –le rogó.

–Avery, no es normal que te hayas desmayado así. Insisto en que, al menos, vayas al médico hoy.

–No seas tonto, estoy bien –le dijo ella.

Marcus la ayudó a levantarse y, sin pensárselo dos veces, la tomó en brazos y la llevó de vuelta al dormitorio.

–Así que estás bien, ¿eh? –le dijo, dejándola en la cama y tapándola con las sábanas–. Vas a quedarte aquí hasta que yo haya hablado con un médico.

Avery no se lo discutió, lo que debía de significar que no se encontraba tan bien como decía. Él pensó que Avery le importaba. Verla desmayada en el suelo del cuarto de baño lo había asustado y no quería volver a pasar por aquello.

Se inclinó a darle un beso, se sentó en la cama y buscó en su teléfono móvil el número de teléfono de la madre de Daniel Morrison, uno de sus mejores amigos de la universidad, que era médico en Manhattan.

Una hora más tarde estaban en un taxi, de camino a la consulta. Avery había desayunado algo ligero en la cama, bajo su supervisión, antes de que Marcus la ayudase a ducharse y vestirse. Cuando llegaron al taxi estaba enfadada, pero a Marcus le daba igual. Le ocurría algo y tenían que averiguar qué era.

Al llegar a la consulta los dirigieron a la sala de espera. Y unos minutos más tarde entraban en la consulta. Marcus se dio cuenta de que Avery se relajaba un poco al ver que el médico era una mujer.

–Hola, Marcus –lo saludó Susanna, saliendo de detrás de su escritorio–. Y tú debes de ser Avery, encantada de conocerte. Soy Susanna Morrison. Ahora, dime, ¿qué te pasa?

–Marcus ha exagerado. Esta mañana estaba un poco mareada, pero eso es todo. Debe de ser por el cambio horario. Llegamos de Londres ayer –le dijo Avery sonriendo.

–La he encontrado inconsciente en el suelo del cuarto de baño. No soy médico, pero yo diría que estaba algo más que mareada.

–Tienes razón –comentó Susanna–. ¿Te había ocurrido antes?

–No, suelo gozar de buena salud. Lo que ocurre es que mi vida ha estado un poco revuelta últimamente, eso es todo. Mi padre falleció hace unos meses y ha sido un duro golpe. A lo mejor se me ha juntado todo.

Susanna asintió lentamente.

–Podría ser. Te haré un par de pruebas básicas antes de continuar, ¿de acuerdo?

Avery asintió.

–¿Quieres que Marcus espere fuera? –preguntó la doctora.

Marcus vio, sorprendido, cómo Avery negaba con la cabeza y alargaba la mano para tomar la suya, como si eso la reconfortase.

–No, prefiero que se quede.

–De acuerdo –dijo Susanna, mirando a Marcus con curiosidad.

Este supo que le haría alguna pregunta más tarde. Nunca había llevado dos veces a la misma mujer a casa de los Morrison, cosa que siempre había causado bromas entre ellos. Así que a Susanna le debía de extrañar que hubiese llamado para pedir cita para Avery.

–Vamos a empezar con la tensión –dijo esta, poniéndole un manguito en el brazo–. Umm. Está un poco baja. ¿Cuándo has tenido el último periodo?

–Hace más o menos una semana. Casi no sangré. El ciclo ha sido un poco raro desde que falleció papá, bueno, desde antes, desde que enfermó. Y últimamente he estado muy cansada.

–De acuerdo, vamos a hacer un análisis de orina para ver un par de cosas.

Acompañó a Avery a un cuarto de baño que estaba al otro lado del pasillo.

–Aquí encontrarás todo lo que necesitas. Entrega la muestra a las enfermeras que hay en la puerta de al lado cuando hayas terminado.

Cuando Susanna volvió a su despacho, miró a Marcus muy seria.

−¿Me puedes explicar de qué va todo esto? −le preguntó sin miramientos.

−Necesitaba un médico y tú eres médico, ¿no?

−Venga ya, Marcus, es más que eso. He visto cómo la miras. ¿Cuándo has empezado a salir con ella en serio?

−No... −empezó él, pero se calló de repente.

Había estado a punto de negar su relación con Avery, pero se había dado cuenta de que era cierto, tenía una relación seria con ella. Fuese lo que fuese lo que había entre ambos, no había tenido tiempo de examinarlo en profundidad. Tal vez no había querido hacerlo.

−Es complicado −añadió por fin.

−Veo que no estás de broma −le dijo Susanna, dándole una palmadita en el hombro−. Estoy deseando contarle a toda familia que el bueno de Marcus se ha enamorado, y de verdad.

−No tengas prisa −le respondió él, poniéndose en pie al ver que Avery volvía a entrar en la habitación−. ¿Estás bien?

−Estoy bien, de verdad −le dijo ella, sentándose−. Los análisis son una cosa rutinaria, ¿verdad?

−Sí, pero me gustaría que te hicieran también unos análisis de sangre, por si acaso −le contestó Susanna.

El ordenador que había encima del escritorio emitió un pitido y Susanna les sonrió.

–Ha sido muy rápido. Al parecer, la enfermera ya tiene algunos datos preliminares.

–¿Tan pronto? –preguntó Marcus.

–Eso parece –dijo Susanna, clavando la vista en la pantalla y leyendo el documento que acababa de recibir–. Todo está bien. No parece que haya ninguna infección ni un nivel elevado de proteínas en la orina, y la glucosa también está bien.

–Estupendo, ¿podemos marcharnos ya? –preguntó Avery, echándose a reír.

–Es evidente que no te pasa nada malo... –continuó Susanna.

–¿Pero? –la interrumpió Marcus, seguro de que había un pero.

–Lo único que tienes alto es el nivel de la hormona HGC –continuó Susanna, mirando directamente a Avery.

–¿No significará eso...? –preguntó esta, volviendo a palidecer.

Marcus tuvo miedo de que volviese a desmayarse y la rodeó con el brazo para sujetarla, por si acaso.

–¿El qué? –preguntó después.

Susanna lo miró a los ojos.

–Que es muy probable que Avery esté embarazada.

Capítulo Doce

Avery notó un repentino calor en la cara. ¿Embarazada?

–¡Eso es imposible! –exclamó.

–Yo no diría eso. Mira, vamos a hacer un análisis de sangre para confirmarlo, pero teniendo en cuenta los síntomas que tienes y los resultados de los análisis de orina, yo diría que es lo más probable.

Avery miró a Marcus, que parecía tan sorprendido como ella.

–Pero si hemos utilizado protección. ¡Siempre!

–Nada es cien por cien efectivo, salvo la abstinencia, por supuesto. Y supongo que no habéis estado absteniéndoos precisamente.

–He tenido el periodo.

Avery pensó que no le podía estar pasando aquello. Era imposible.

–Ha podido ser un sangrado de implantación. Ya veo que estáis los dos muy sorprendidos, pero vais a tener que tomar algunas decisiones.

–¿Decisiones? –repitió Marcus.

–Acerca de lo que vais a hacer. Es decir,

que si Avery está embarazada, tendrá que decidir si quiere seguir adelante con el embarazo.

Avery se sintió aturdida, se quedó sin habla. Casi no había asimilado que estaba embarazada, cómo iba a pensar en lo que iba a hacer.

–En cualquier caso –continuó Susanna–, necesitamos confirmarlo con unos análisis de sangre. Los resultados tardarán un par de días, así que volveremos a vernos entonces, ¿de acuerdo?

Avery debió de responder porque ella siempre era educada, pero después no recordaría lo que había dicho. De hecho, el trayecto de vuelta a casa de Marcus pasó como una mancha borrosa. Cuando se dio cuenta estaban sentados el uno frente al otro, cada uno en un sofá, en el salón de su casa.

Marcus parecía estar tan sorprendido como ella.

–¿Estás bien? –le preguntó Avery, deseando que se hubiese sentado a su lado, y no tan lejos. En esos momentos, le habría venido bien su calor y su seguridad.

–Debería ser yo quien te preguntase eso –respondió él.

–Estoy bien, supongo. Un poco sorprendida –admitió Avery riendo con nerviosismo–. Muy sorprendida, la verdad.

–Lo sé. Es difícil asimilar tantas cosas.

Marcus estuvo un rato en silencio, pero después le cambió la expresión, como si hubiese encontrado la solución a un complejo puzle. Se levantó de su sitio y se sentó al lado de Avery. Ella se alegró de su cercanía y se relajó un poco.

–Ya lo he solucionado.

–¿Qué has solucionado? –preguntó Avery confundida.

–Esto… –respondió Marcus, señalándola a ella, más concretamente, su vientre.

Avery tuvo la sensación de que no le iba a gustar lo que Marcus iba a decirle.

–Ni siquiera estamos seguros de que esté… –le advirtió.

Pero Marcus siguió hablando, como si no la hubiese oído.

–Cásate conmigo, Avery.

Ella volvió a marearse al oír aquello. Nunca le había hablado de amor y, de repente, le pedía que se casase con él. Aun así, aunque la cautela le advertía que mantuviese la boca cerrada, una pequeña voz en su interior la animó a decirle que sí.

–Es lo más sensato –insistió él, tomándole las manos y apoyándolas en el pecho–. En serio, es la mejor solución para los dos. Sé que es un poco anticuada, pero pienso que ambos somos lo suficientemente sensatos para darnos cuenta de que los sentimientos que ya tenemos el uno por el otro no pueden más que fortalecerse. Podemos hacer que funcione, por nuestro bien y el de nuestro hijo.

Viendo que Avery seguía en silencio, él insistió.

–Me quieres, ¿verdad? Pues cásate conmigo, por favor.

Fue el «por favor» lo que hizo que Avery se ablandase. Además, Marcus tenía razón. Lo amaba. Para ella era una emoción nueva, aquel tipo de amor. Nunca había necesitado tanto a una persona. Era aterrador y emocionante... lo mismo que la idea de casarse con él.

El matrimonio era un proyecto muy importante. Un compromiso que muchos no se tomaban en serio en aquellos días, pero que ella siempre había esperado adquirir, basado en el amor para siempre.

¿Podía tener eso con Marcus? ¿Podrían construir juntos un matrimonio que durase décadas, no días?

–¿Avery? Di algo, por favor.

Marcus le sonrió, la alentó con la mirada a que respondiese de manera afirmativa, a que se arriesgase. A que le diese una oportunidad a él y a un futuro juntos.

Ella quería hacerlo, lo quería de verdad, pero tenía miedo. ¿Y si todo salía mal? ¿Y si Marcus no llegaba a amarla jamás? ¿Y si llegaba a odiarla mientras ella seguía queriéndolo?

–No sé, Marcus –le dijo por fin–. Es un paso muy importante. Ni siquiera estamos seguros de que esté embarazada y, lo esté o no, esa no puede ser la base de un matrimonio.

–Ha habido matrimonios con mucho menos. Venga, Avery, tú me quieres, ¿no?

Ella lo miró a los ojos.

–Por supuesto que te quiero, Marcus, pero la cuestión es si tú me quieres a mí.

Él no apartó la vista.

–Me importas mucho, Avery. Más de lo que me ha importado nadie en mi vida, a excepción de mi abuelo. Sinceramente, creo que podemos conseguir que funcione.

–¿Y si no estoy embarazada?

–Seguiremos casados. Venga, hagámoslo –insistió–. Podemos hacerlo enseguida.

–Haces que parezca tan fácil.

–Es fácil, Avery.

–Deja que lo piense, ¿de acuerdo? –le suplicó–. No quiero precipitarme.

–Está bien –admitió Marcus–. ¿Te parece suficiente para pensarlo el resto del día?

Ella se echó a reír.

–¡Marcus! Eso no es justo. Quieres que tome en muy poco tiempo una decisión que es para toda la vida.

–Yo me decidí contigo en mucho menos tiempo –le dijo él, inclinándose hacia delante para darle un beso en los labios.

El calor, el deseo, fue instantáneo. A pesar del miedo y de la confusión de aquella mañana, Marcus tenía aquel poder en ella. Y podría tenerlo para siempre si era lo suficientemente valiente para decirle que sí.

Marcus interrumpió sus pensamientos.

–Tengo que ir a trabajar un par de horas. Tú quédate aquí y descansa. Te llevaré a algún lugar maravilloso a cenar y seguiremos hablando entonces.

–Seguro que estoy bien en el museo. Me siento mucho más fuerte y... comeré algo antes de ir.

–Te llevaré en otra ocasión, te lo prometo, pero hazme caso hoy –le pidió él, apartándole un mechón de pelo de la cara–. Esta mañana me has dado un buen susto. No sabía qué hacer porque no sabía qué te pasaba. Ahora que sabemos que puedes estar embarazada, podemos llevarlo... juntos. No obstante, necesito saber que vas a estar bien. Por favor, hazlo por mí, quédate descansando.

Era evidente que le importaba, pero Avery se preguntó si eso era suficiente.

–Está bien –le respondió con voz ronca–, pero solo si me prometes que me llevarás al Metropolitan otro día.

–He dicho que lo haría, ¿no? Lo prometido es deuda –le contestó él–. No te defraudaré, Avery. Jamás.

Ella se aferró a sus palabras después de que se hubiese marchado. Quería creerlas. De repente, tuvo hambre y fue a prepararse un sándwich y una ensalada de fruta, y se lo llevó todo al sofá, donde comió y le dio vueltas a la cabeza.

Marcus no la había mentido acerca de sus sentimientos. No había intentado regalarle los oídos con juramentos de amor eterno. De todos modos, aunque lo hubiese hecho no lo habría creído. No obstante, había sido sincero y eso decía mucho de él.

Le importaba. ¿Era suficiente? En el fondo Avery sabía que lo quería era su amor, pero el cariño ya era un comienzo.

Pero no necesitaba casarse con él. Tenía dinero suficiente para no depender de nadie, pero el dinero no era amor. Con dinero se podía vivir bien, te alimentaba físicamente, pero no espiritualmente. Avery miró el reloj del microondas que había en la cocina. Era mediodía. Suspiró. Iba a ser una tarde muy larga.

Marcus trabajó mecánicamente en su despacho. Había estado fuera el tiempo suficiente para que hubiese un montón de papeles esperándolo, a pesar de la criba que había hecho Lynette. Encontró una confirmación de la empresa de transportes que decía que la Colección Cullen llegaría el fin de semana. Marcus se dijo que tendría que estar presente cuando se hiciese el inventario.

La idea de crear el catálogo de la subasta lo emocionó. No obstante, seguía habiendo una mancha en su feliz horizonte: *Bella mujer*.

Entonces se le ocurrió otra idea. Si Avery

accedía a casarse con él, era probable que el cuadro se considerase un bien común. De un modo u otro, terminaría siendo suyo. El único problema sería que Avery se negase a casarse con él.

Alejó el sillón del escritorio y lo hizo girar para mirar por la ventana. Ni siquiera se molestó en observar la avenida Madison y su ajetreo. En su lugar, apoyó los codos en las rodillas y la barbilla en las manos. ¿Cómo había podido perder tanto el control? Recordó cómo habían transcurrido las últimas semanas y no vio ninguna otra opción.

El matrimonio era un paso muy importante. Su abuelo lo mataría si se enteraba de que no quería a Avery como uno debía querer a la mujer con la que iba a casarse, pero merecía la pena intentarlo para recuperar un cuadro que era suyo por derecho.

Avery tenía que acceder a casarse con él.

Se puso recto y volvió a hacer girar la silla. Tenía que trabajar pensando en que iba a aceptar, lo contrario sería incomprensible, y eso significaba que necesitaba estar preparado.

–¿Lynette? –llamó a su secretaria.

Esta apareció en la puerta, como si hubiese estado esperando a que la llamase.

–¿Sí, señor Price?

–Quiero que me consigas algo.

–Por supuesto, señor Price, ¿qué necesita?

–Una licencia de matrimonio… para este fin de semana.

Lynette ni se inmutó al oír aquello.

–Por supuesto, no tardaré nada.

Y así fue. Lynette no tardó en llevarle toda la información necesaria para que Marcus pudiese hacer realidad la ceremonia. Ya solo necesitaba rellenar los documentos, pagar las tasas necesarias y… que Avery le dijese que sí.

Un rato después reservó una mesa para cenar en su restaurante favorito. Todo sería perfecto, el ambiente, la comida, el servicio. Se alegró poder estar seguro al menos de eso.

Fue su atención a los detalles lo que lo llevó a salir de su despacho y dirigirse a una joyería especializada en reproducir antigüedades. No pensaba que a Avery le gustasen los anillos modernos. Todo en ella era sencillo, discreto, pero elegante y bello al mismo tiempo. Era importante encontrar el anillo adecuado.

Supo que lo había conseguido al ver un anillo de platino con un diamante azul y dos blancos.

–¿Puedo ayudarlo, caballero? –le preguntó un señor vestido con traje oscuro.

–Me gustaría ver este anillo –respondió él.

–Tiene un gusto exquisito, señor –le dijo el otro hombre sacando la joya–. Es elegante y de una excelente calidad.

Le contó los atributos del diamante azul y su pureza, pero Marcus solo podía pensar en lo mucho que le recordaba al color de los ojos de Avery cuando hacían el amor. Era perfecto.

—¿Tienen alguna alianza a juego?

—Por supuesto, señor.

Le enseñó la alianza.

—Estupendo. Me llevaré los dos —decidió Marcus.

—Estoy seguro de que a su prometida le encantarán.

«Eso espero», pensó Marcus. El coste de los anillos era lo de menos, si con ellos conseguía convencer a Avery de que su propuesta de matrimonio era seria.

Avery fue a recibirlo a la puerta de su casa. Todavía no había sacado la llave de la cerradura cuando se abrazó a él y lo besó en los labios.

—Creo que podría acostumbrarme a que me recibieras así todos los días —comentó Marcus antes de preguntarle—: ¿Has tomado ya la decisión?

—Sí —le respondió ella.

A Marcus le dio un vuelco el corazón, pero se obligó a quitar los brazos de Avery de su cuello y retrocedió.

—A ver, para que me quede claro, ¿quieres decir que sí has tomado una decisión, o que sí quieres casarte conmigo?

Ella le sonrió. Nunca había estado tan guapa. Asintió.

–Sí, quiero casarme contigo. Llevo toda la tarde pensándolo y tienes razón. Estoy segura de que podemos conseguir que lo nuestro funcione.

Marcus gritó de alegría. No se había dado cuenta hasta ese momento de lo tenso que había estado esperando la decisión. La levantó en volandas y la hizo girar en sus brazos.

–No te arrepentirás –le dijo, volviendo a dejarla en el suelo.

Luego la tomó de la mano y la llevó hasta el sofá, la ayudó a sentarse y después se arrodilló a sus pies.

–Vamos a hacerlo bien. Avery Cullen, ¿me haces el honor de casarte conmigo?

–Oh, Marcus, no es necesario que hagas esto –le dijo ella temblando–, pero es precioso.

–Estoy esperando una respuesta –bromeó él, aliviado al ver que las cosas estaban saliendo bien.

–Sí –susurró ella–. Sí.

Marcus sacó el anillo de su lecho de satén y se lo puso en el dedo. Era un acto muy anticuado, pero sintió que era lo que tenía que hacer.

–Espero que te gusten los compromisos breves –le comentó después, sentándose en el sofá, a su lado.

–¿Cómo de breves?

–¿De aquí a este fin de semana?

-¡Este fin de semana! ¿En serio?
-Por supuesto. ¿Para qué vamos a esperar? La decisión ya está tomada.

Ella respiró hondo y lo miró a los ojos.

-Tienes razón –admitió–. Ya está, pero ¿de verdad podemos casarnos tan pronto?

-Lynette se ha estado informando hoy. Si pedimos la licencia mañana, solo tendremos que esperar veinticuatro horas y podremos casarnos el domingo.

-¿Dónde vamos a casarnos?

-Donde nos puedan casar tan pronto, si no es un problema.

-No –respondió Avery–, pero, si no te importa, me gustaría pedirle a uno de los viejos amigos de mi padre que nos case.

-¿Puede hacerlo?

-Sí. Es juez de la Corte Suprema de Nueva York.

-¡Eso es estupendo! A lo mejor incluso puede casarnos el sábado –le dijo Marcus, sacándose el teléfono móvil del bolsillo–. Llámalo ahora mismo, a ver qué te dice.

Estaban de suerte, el juez Harwood estaba libre y encantado de presidir la boda de la hija de su amigo. Solo puso una condición: que Avery se casase en su casa. Eso significaba que no estaría con Marcus el viernes por la noche, ya que la esposa del juez había sugerido que se quedase en su casa la noche antes de la boda. No obstante, el sacrificio era pequeño. Avery pasaría con él el resto de las noches... y Marcus lo estaba deseando.

Cuando llegó el sábado por la tarde, Marcus estaba muy inquieto. El viernes les habían confirmado el embarazo de Avery, lo que hacía que viese las cosas de otra manera.

Aquello iba en serio. Sus padres nunca se habían casado, ni se habían preocupado por el hijo que habían concebido. Para su padre, solo había sido una moneda de cambio para conseguir más dinero. Marcus no había planeado tener hijos, mucho menos antes de los treinta, pero iba a tenerlo, con todo lo que eso conllevaba, e iba a hacerlo bien, tanto con el niño como con la madre.

Se ajustó los puños de la camisa por tercera vez en diez minutos. No estaba exactamente nervioso, aunque tenía que admitir que había sentido miedo al ver al juez Seymour Harwood por primera vez, media hora antes. Este le había dado la mano con firmeza y lo había mirado a los ojos como advirtiéndole que esperaba que cuidase bien de Avery, cosa que le había pedido después.

En esos momentos, estaba en el jardín, esperando a que Avery saliese de la casa mientras sentía cómo la mirada de los pocos amigos que habían podido asistir a la celebración se clavaba en él.

Habían invitado a muy pocas personas, teniendo en cuenta que lo habían organizado todo muy rápido, pero en esos momentos, Marcus echó de menos tener a alguien a su lado. Se sintió momentáneamente culpable. Tenía que haberle contado sus planes a su abuelo, pero le había parecido más sencillo evitar sus preguntas. Todavía no estaba preparado para enfrentarse a ellas.

El cuarteto de cuerda que había estado tocando de fondo se interrumpió de repente para volver a empezar con la marcha nupcial. A Marcus le apretó la corbata al girarse hacia la novia.

Parecía una visión. No había otra manera de describirla. Los rayos del sol del atardecer le teñían la piel de dorado. Se miraron a los ojos y la distancia que había entre ambos se redujo en un instante. Y, en ese momento, Marcus supo que estaba perdido. No se estaba casando por el bien del bebé. No se estaba casando para recuperar el cuadro de su familia.

Aquel matrimonio estaba basado en el amor, el de Avery y el suyo, y la idea hizo que se quedase casi paralizado del miedo.

Capítulo Trece

La luna de miel, que fue la misma noche de bodas, fue demasiado corta. Marcus pensó que se lo compensaría a Avery durante las siguientes semanas. La tenía tumbada a su lado, echa un ovillo contra su cuerpo. Él seguía intentando asimilar que se había dado cuenta de que estaba enamorado de su mujer. Era la primera vez que pensaba tanto en el amor, pero en esos momentos tenía que pensar y aprender a manejar aquel sentimiento. Y no tenía ni idea de cómo hacerlo.

Desde que había empezado a tomar sus propias decisiones, todo en su vida había sido cuantificable. Todos los pasos que había dado en el camino de la vida habían sido calculados. Había sabido adónde iba, lo que quería y por qué. Pero aquella emoción sobrecogedora que la gente llamaba amor era diferente. No se parecía en nada al enorme cariño que le tenía a su abuelo. Aquello era pasión, intensidad y ansiedad sobrecogedora, todo en uno.

Cuando Avery había empezado a importarle, se había sentido seguro, pero en esos momentos estaba aterrado. Todavía no había sido capaz de decírselo a ella. No había podido darle tanto poder, iba en contra de sus principios.

Tomó su mano y observó el anillo que representaba la unión que había entre ambos. No había pensado en eso al comprarlo. Qué ingenuo había sido.

Al pedirle que se casara con él, le había dicho a Avery que le importaba. ¡Qué le importaba! ¿En qué había estado pensando? Aquel sentimiento, aquella sobrecogedora necesidad de tenerla y protegerla, había estado ahí desde el principio. Era ella. La mujer de su vida. ¿Cómo no se había dado cuenta?

No se había dado cuenta porque había estado tan centrado en convencerla para que vendiese la colección, y en conseguir la *Bella mujer*, que no se había dado cuenta de que aquella era su bella mujer.

Aquello le obligó a hacerse preguntas y a examinar las respuestas con una honestidad para la que no estaba preparado. No sabía si llegaría a estarlo. Así que, por el momento, dejaría aquellos sentimientos encerrados en su interior, donde no pudiesen hacerle daño a ninguno de los dos.

Se apartó del abrazo de Avery a pesar de que esta protestó entre sueños. Aunque estuviesen casados, aunque fuese fin de semana, él tenía que trabajar. Se suponía que la Colección Cullen había llegado durante la noche y le había prometido a Avery que supervisaría la entrega.

Tres cuartos de hora después estaba supervisando y comprobando el inventario de la colección. El tiempo pasó muy rápido y estaba a punto de decirle a su gente que iban a hacer un descanso cuando le sonó el teléfono.

Miró la pantalla, pero como no reconoció el número, dejó que saltase el buzón de voz. Un minuto después volvía a sonar.

–Eh, chicos, ¿por qué no vais a comer algo y nos vemos otra vez aquí en una hora? –les sugirió.

Todos necesitaban tomar un poco de aire.

Los dos hombres que lo estaban ayudando salieron de la sala y él respondió a la llamada con frialdad.

–Soy Dalton Rothschild, me alegro de que haya respondido.

Marcus miró a su alrededor para asegurarse de que estaba solo y cerró la puerta de la sala. No quería que nadie escuchase su conversación con el jefe de la principal competidora de Waverly's. Siempre era sencillo malinterpretar lo escuchado. Aunque lo cierto era que la llamada de Rothschild había despertado su curiosidad.

–¿A qué se debe semejante honor? –le preguntó, con una nota de insolencia en la voz.

Lo cierto era que, a pesar de ser un hombre guapo y de estilo urbano, Marcus pensaba que era una víbora, capaz de cualquier cosa para manipular a otras personas y lograr lo que quería.

—Tengo una propuesta para usted, Price. Podemos quedar a cenar y se la contaré.

Marcus sonrió. No era una invitación, sino más bien una orden de comparecencia, pero la palabra proposición intrigó a Marcus. ¿Qué tramaba Rothschild? Marcus estaba seguro de que Ann también querría averiguarlo.

—Señor Rothschild, estoy seguro de que sabe las repercusiones que tendría que cenase con usted. Y ya ha habido demasiados rumores acerca de Waverly's.

—Ese es precisamente el motivo por el que tenemos que vernos. Mañana a las seis, Price. En mi casa, dado que le importa tanto la privacidad.

Le dio su dirección y colgó antes de que a Marcus le diese tiempo a reaccionar.

A Avery no le hizo ninguna gracia pasar sola el segundo día seguido después de su boda. «¿El segundo día? Más bien la segunda noche», pensó. Había estado dormida cuando Marcus había vuelto de Waverly's la noche anterior y esa mañana, lunes, se había vuelto a marchar temprano a trabajar. Ella entendía que tuviese que recuperar el tiempo que había pasado en Londres en su casa, pero lo veía como distraído, como si estuviese ocupado con algo mucho más importante que su nueva esposa, y eso la preocupaba.

Y Avery sabía qué era ese algo. La Colección Cullen. Sintió náuseas solo de pensarlo. ¿Acaso era aquello lo que siempre había querido? ¿Por qué no se había preguntado hasta dónde estaría Marcus dispuesto a llegar para conseguir los cuadros? ¿Se habría casado con ella solo por la colección? No, eso era ridículo. Ella le había dicho a Marcus que iba a vender la colección mucho antes de que este le hubiese pedido que se casase con ella. Mucho antes de que se enterasen de que iban a ser padres.

Se llevó la mano al vientre. ¿Qué era entonces lo que ocurría? ¿Estaría arrepentido de su embarazo? ¿Se arrepentía de haberse casado con ella? Solo hacía dos días que eran marido y mujer y, a excepción del tiempo que habían pasado en la cama, casi no habían estado juntos. Avery sabía que se habían precipitado, pero había estado segura de que era la decisión adecuada. ¿Habría vuelto a ser una ingenua?

Marcus no parecía estar interesado en su dinero. Hacía tiempo que Avery había aprendido a conocer a esa clase de hombres. No, el punto débil de Marcus era el arte y ya había conseguido lo que quería con los cuadros de su padre.

Salvo la *Bella mujer*.

Se estremeció. ¿Sería eso? ¿Un cuadro? ¿Se habría casado con ella solo para conseguir aquel cuadro? Avery se reprendió por pensar semejante tontería, pero no pudo evitar recordar la expresión de Marcus cuando había visto el cuadro por primera vez. Lo quería.

Sonó el teléfono y ella agradeció la interrupción porque no quería seguir dándole vueltas a aquello.

–¿Quién es mi esposa favorita? –preguntó Marcus.

Y ella se tranquilizó. Era real, sentía algo por ella, estaba segura. Lo veía en su tono de voz y en la manera en que le hacía el amor. Intentó aferrarse a aquella idea, pero no le fue fácil.

–La última vez era solo tu esposa, ¿me estás ocultando algo?

A pesar del esfuerzo, no pudo evitar que hubiese cierta amargura en su voz.

–¿Estás bien, Avery?

Ella cerró los ojos y agarró el teléfono con fuerza mientras respiraba hondo.

–Por supuesto que estoy bien. Solo te echo de menos, eso es todo.

Oyó suspirar a Marcus al otro lado del teléfono.

–Lo siento, pero vas a tener que echarme de menos un poco más. Tengo que trabajar hasta tarde. Preferiría volver a casa contigo, pero no puedo.

Avery se mordió el labio inferior con fuerza. No podía suplicarle que volviese a casa.

−Qué pena. ¿A qué hora vendrás?

−No lo sé. Mira, no me esperes levantada, pero prométeme que comerás algo, ¿de acuerdo?

−No te preocupes, me cuidaré sola. Ya estoy acostumbrada a hacerlo.

−Avery, no seas así −le dijo él en voz baja.

−¿Así, cómo? Es la verdad, estoy acostumbrada a cuidar de mí misma, Marcus. No te preocupes por mí.

−Iré a casa lo antes posible.

−Eso espero.

Avery colgó el teléfono y se acercó al ventanal del salón. De repente, echaba de menos su jardín de Kensington. Su padre habría estado orgulloso del jardín si siguiese vivo, pero ¿habría estado orgulloso de ella? Se abrazó con fuerza por la cintura y, a pesar de la personita que estaba creciendo en su interior, se sintió más sola que en toda su vida.

Avery se sobresaltó con el timbre del teléfono. Con el corazón acelerado, esperó que fuese Marcus, para decirle que había cambiado de planes y que volvía a casa pronto.

−¿Dígame? −respondió casi sin aliento.

−¿Avery? ¿Eres tú?

Toda su esperanza se rompió en mil pedazos. Reconoció la voz del hombre que, por supuesto, no era su marido.

–Peter. No pensaba volver a tener noticias tuyas. ¿Cómo me has encontrado?

–He oído que te casaste con Marcus Price la semana pasada. ¿Es cierto?

–Sí, lo es –respondió con cautela.

–Mira, creo que hay algo que deberías saber. Son cosas que no puedo hablar por teléfono. He venido a Nueva York por trabajo, pero esta noche estoy libre. ¿Puedes escaparte un rato?

Avery tuvo el impulso de decirle que no, pero se preguntó qué querría contarle acerca de Marcus.

–Tal vez, ¿dónde habías pensado que nos viésemos?

Él le dio el nombre de un restaurante italiano que estaba cerca de allí.

–De acuerdo. Nos veremos dentro de una hora.

–Gracias, no lo lamentarás.

Ella tenía la sospecha de que sí que iba a arrepentirse, pero sus propios miedos la llevaron a ponerse unos pantalones oscuros, botas y un abrigo para resguardarse del frío de la noche.

Peter ya estaba en el restaurante cuando ella llegó.

–¿Pedimos primero y después charlamos? –le sugirió este, pasándole una carta.

Recordando la promesa que le había hecho a Marcus, Avery leyó el menú y pidió una botella de agua con gas con la cena. Por suerte, la comida no tardó en llegar, lo que no permitió que charlasen mucho.

Avery se estaba llevando el primer bocado de pasta a la carbonara a la boca cuando Peter empezó a hablar.

–Bueno, enhorabuena por la boda –empezó–, aunque tal vez debería felicitar a Marcus.

–¿Por qué no a los dos? –preguntó ella, confundida.

–Porque me parece que él va a sacar más de lo que te imaginas.

–¿Cómo? –le preguntó Avery, dejando el tenedor en el plato y arrepintiéndose de haberse reunido con Peter.

–Bueno, ¿recuerdas lo que te conté de sus padres?

–Sí, pero no entiendo qué tiene eso que ver. Marcus es quien es y ha trabajado muy duro para llegar adonde está.

–¿Contigo ha trabajado muy duro? –le preguntó él.

Avery se dispuso a levantarse de la silla.

–No tengo por qué escuchar esto.

–Por favor, siéntate. Es importante.

Ella dudó un instante antes de sentarse.

–Ve directo al grano.

–¿No vas a cenar? –le preguntó Peter, señalando su plato.

–La verdad es que he perdido el apetito. ¿Qué has querido decir con eso de que Marcus va a sacar de nuestro matrimonio más de lo que imagino?

Él se encogió de hombros y tomó un bocado de espagueti antes de volver a hablar.

–No le has hecho firmar un contrato prenupcial, ¿verdad?

Por supuesto que no. Lo quería. Creía que su matrimonio iba a funcionar o, al menos, lo había creído. Su silencio alentó a Peter a continuar.

–Debe de estar muy contento de haberse convertido en el dueño de la *Bella mujer*, porque eso es lo que ha querido desde el principio. ¿Lo sabías?

–Déjate de rodeos, Peter, o me marcho.

–No, no vas a marcharte. Quieres oír esto casi tanto como yo quiero contártelo –le dijo él, sonriendo de medio lado–. Como ya te he dicho, sabes lo que ocurrió con los padres de Marcus y que su abuelo lo crió.

–Sí, eso ya lo sé.

–A lo mejor te interesa saber que la madre de su abuelo fue Kathleen Price, apellidada O'Reilly de soltera.

Avery se quedó callada y él continuó:

–Si mis fuentes son correctas, Kathleen O'Reilly fue la modelo de la *Bella mujer*. Qué coincidencia, ¿verdad? Y, si no me equivoco, la amante de tu tatarabuelo. Al parecer, en uno de los cuadernos de Baxter Cullen, prestado al Old State Museum de Boston, pone que regaló el cuadro a alguien llamado K. O. Yo diría que podría ser Kathleen O'Reilly, que se lo dejó a su hijo cuando falleció. Menuda herencia, ¿no?, un original de Baxter Cullen.

Hizo una pausa antes de continuar.

—Pero su hijo lo vendió hace veinticinco años y tu padre tuvo la sensatez de comprarlo. Marcus intentó convencerlo después para que se lo vendiese. ¿Lo sabías?

Avery se sintió palidecer. Negó con la cabeza.

—Al casarse contigo, Marcus ha encontrado por fin la manera de recuperar el cuadro. Muy listo, ¿no crees?

Listo no era precisamente el adjetivo que habría utilizado ella. De hecho, se había quedado sin palabras. Solo podía sentir un profundo dolor en su interior.

Había pensado que Marcus era diferente, pero la había utilizado igual que los demás, aunque su traición era la peor de todas.

Marcus llegó al edificio en el que vivía Dalton Rothschild y le sorprendió que el conserje lo saludase por su nombre. Aunque nada relacionado con Dalton Rothschild debía sorprenderlo. El mes anterior se había rumoreado que Ann Richardson y Rothschild tenían una relación y Marcus estaba seguro de quién había originado dichos rumores. Rothschild no era de los que permitían que una mujer lo rechazase en público, pero sí era de los que buscaban venganza.

¿Sería aquel otro intento de Rothschild de debilitar a Waverly's?

En aquella industria, la reputación era algo muy importante y tanto Ann como la junta directiva y el resto de trabajadores de Waverly's estaban comprometidos en defender lo que quedaba de la casa de subastas. En esos momentos, la lealtad era vital.

Marcus subió en el ascensor y, cuando se abrió la puerta y llegó al piso de Rothschild, lo estaba esperando un hombre vestido de traje.

–Buenas noches, señor Price. Soy Sloane, el secretario del señor Rothschild. ¿Me acompaña?

Marcus lo siguió por el pasillo enmoquetado hasta unas puertas dobles que había al final. Sloane marcó un código y puso el dedo pulgar en un lector. A Marcus le impresionó la seguridad y, nada más entrar en el piso, comprendió su necesidad. Había antigüedades de un valor incalculable por todas partes. Era como un museo. Un museo amueblado con muy buen gusto y que estaba habitado. Admiró una placa de esmalte tabicado que había en la pared. Si no se equivocaba, databa del siglo XII.

–Es bonito, ¿verdad? –lo interrumpió la voz de Rothschild.

—Muy bonito —admitió Marcus, dándole la mano.

—Gracias, Sloane, ya me ocupo yo del señor Price —le dijo Rothschild a su secretario, haciéndole después un gesto a Marcus para que entrase en el salón—. ¿Una copa?

—Gracias, whisky solo.

—¿Ha tenido un día duro en el trabajo? —le preguntó Rothschild sonriendo.

—No más de lo habitual.

—Tengo entendido que debo felicitarlo —continuó su anfitrión, después de servir dos whiskys y ofrecerle uno.

—¿Felicitarme?

—Por su boda y por haber adquirido la Colección Cullen.

—Veo que las noticias vuelan.

—La verdad es que sí. Dígame, ¿casarse con Avery Cullen formaba parte del trato?

Aquello enfadó a Marcus y sintió ganas de responderle mal a Rothschild, pero se controló. Quería averiguar por qué le había pedido que fuese a su casa para después poder contárselo a Ann. Esta se había sorprendido de que Rothschild lo hubiese invitado, y sentía tanta curiosidad como Marcus por saber cuáles eran sus intenciones.

—Con el debido respeto, mi matrimonio no es asunto suyo —respondió en tono tenso.

El otro hombre se limitó a sonreír.

—Me cae bien, Price. No hay muchos hombres dispuestos a llegar tan lejos por obligación.

Marcus prefirió no responder y dio un sorbo a su copa. Le sorprendió ver que Rothschild cambiaba de conversación y se comportaba como un gran anfitrión. En otras circunstancias, Marcus hasta se habría divertido. De hecho, se dio cuenta de cómo se había visto Ann atraída hacia aquella tela de araña. No obstante, Marcus sabía que Rothschild siempre hacía las cosas por un motivo, y aunque su instinto le decía que volviese a casa con su esposa, supo que tenía que averiguar el motivo de aquella invitación, se lo debía a su jefa.

Tuvo que esperar a estar sentado a la mesa, disfrutando de una copa de buen vino, para que Rothschild le explicase por qué estaba allí.

–Voy a ir directo al grano, Price. Admiro su ética en el trabajo. Sus resultados en Waverly's han sido espectaculares. Es una pena que esté desperdiciando su talento allí. Quiero que trabaje para mí.

Rothschild le mencionó un buen puesto y una exorbitante cantidad de dinero.

–Y quiero que se traiga la Colección Cullen con usted –añadió.

Marcus pensó que aquel hombre sabía cómo tentar a la gente, y que si él hubiese tenido menos escrúpulos, habría aceptado sin dudarlo.

–Es una oferta muy generosa –admitió sin más.
 –¿Pero?
 –No puedo aceptarla.
 –¿No? Venga, Marcus. ¿Puedo llamarte Marcus, verdad? –le preguntó Rothschild sonriendo–. Eres un hombre inteligente y astuto. ¿Quieres que tu reputación acabe por los suelos por trabajar para Ann Richardson? Sé lo duro que has trabajado para llegar adonde estás. Conmigo, podrías estar mucho más arriba de aquí a diez años. Tal vez, ocupando mi puesto en Rothschild's.
 –Me halaga que me haya investigado –respondió Marcus sonriendo.
 –Soy un hombre meticuloso, Marcus. Por eso me sorprende que hayas decidido aliarte con Ann Richardson. Waverly's está comerciando con artículos robados, lo sabes, ¿verdad? El fraude no tardará en salir a la luz. Y cuando Ann caiga, todo Waverly's caerá con ella.
 Marcus agarró con fuerza la delicada copa de cristal y la dejó en la mesa por miedo a romperla.
 Estaba seguro de que Ann Richardson no podía ser culpable de lo que Rothschild acababa de acusarla. Era una mujer íntegra que había creído en él desde el principio. Eso le había dado la fuerza necesaria para ir ascendiendo rápidamente en la empresa.

Ann Richardson le había recordado a Marcus a su abuelo. Una persona honrada y que defendía siempre a las personas en las que creía. Ann le había dado trabajo nada más terminar la universidad, había apoyado sus ideas más ambiciosas y lo había aconsejado juiciosamente al mismo tiempo. Le debía mucho a su jefa.

–Su argumento es muy apasionado, señor Rothschild –dijo, haciendo un esfuerzo por mantener la calma–, pero me temo que ha olvidado un aspecto muy importante.

–¿No me digas? ¿Cuál?

–La verdad –dijo Marcus, haciendo que el otro hombre dejase de sonreír–. Gracias por la velada, ha sido reveladora, y gracias por la oferta, que solo puedo rechazar.

Marcus se levantó de la mesa y añadió:

–No se moleste en acompañarme a la puerta, encontraré el camino.

Avery se sobresaltó en el sofá al oír llegar a Marcus. Se levantó con piernas temblorosas a recibirlo. Desde que se había despedido de Peter Cameron, dos horas antes, había tenido mucho tiempo para pensar y había tomado una decisión.

La habían utilizado por su dinero y sus contactos desde niña. Tenía que haber visto venir aquello. Había sido una tonta. Se preguntó si todo el mundo en Waverly's sería como Marcus. Al fin y al cabo, había oído mucha publicidad negativa de la casa de subastas. Tal vez hubiese algo de verdad en todo aquello.

Ya era demasiado tarde para recuperar la colección, se lamentó. Se sentía avergonzada por haberse dejado engañar, pero si todo salía tal y como tenía pensado, aquella sería la última noche que tendría que ver a Marcus.

Lo oyó entrar por la puerta y esperó a ver cómo reaccionaba al ver su equipaje en el recibidor.

–¿Avery… qué pasa?

Marcus entro en el salón, su expresión era una mezcla de enfado y confusión.

–Me marcho.

–¿Qué? ¿Por qué?

–Dime, Marcus, ¿por qué viniste a Londres en realidad?

–Ya lo sabes, para convencerte de que vendieses la colección de tu padre. No lo entiendo. Pensé que estabas contenta con la decisión que habías tomado. ¿Quieres decir que ya no quieres venderla?

–¿Eso te importaría? –le preguntó ella.

–Por supuesto que me importaría, aunque si es lo que quieres, lo entendería. Solo quiero que seas feliz.

Marcus intentó tomarla de las manos, pero Avery no se lo permitió y retrocedió unos pasos, alejándose de él.

–No, no me toques.

Marcus reaccionó como si hubiese recibido una bofetada.

–Cuéntame qué te pasa Avery. ¿Qué es lo que te ha disgustado tanto?

Ella respiró hondo antes de continuar.

–¿Recuerdas cuando fui a aquella inauguración de una galería en Londres y volví temprano a casa?

–Por supuesto. Volviste disgustada.

–¿No te preguntaste el motivo?

Marcus suspiró con impaciencia.

–Por supuesto que sí, pero pensé que no era asunto mío, que si hubieses querido que lo supiera, me lo habrías contado.

Avery deseó haberlo hecho. Tal vez eso le hubiese dado a Marcus una oportunidad de contarle la verdad.

–Esa noche, me encontré con un conocido que tenemos en común, Peter Cameron.

Marcus frunció el ceño.

–No es ningún conocido mío.

–Pues sabía muchas cosas de ti. Cosas que ha querido contarme.

–¿Qué cosas? –preguntó Marcus, metiéndose las manos en los bolsillos.

–Cosas acerca de tu infancia, de tus padres, de tu abuelo.

–¿Te contó que mi madre era una drogadicta y que mi padre era traficante? –le preguntó él–. Era un niño cuando ocurrió todo eso. Mi pasado no es lo que soy hoy.

Avery se dio cuenta de que había dolor en su mirada.

—¡Ya lo sé! —replicó—. Lo que Peter me contó no importa, pero me hizo darme cuenta de lo decidido que estabas a tener éxito a pesar de todo. En realidad, te hizo un favor. Me ayudó a comprender por qué estás tan empeñado en ser el mejor, por qué es tan importante para ti hacer las cosas bien.

—¿Y por qué me quieres dejar esta noche, si soy tan estupendo? —le preguntó Marcus en tono amargo.

—Porque esta noche Peter me ha invitado a cenar.

—¿Y has ido? ¿Después del disgusto que te dio la última vez? ¿Por qué?

—Eso no importa.

—¡Claro que importa! Dime, Avery ¿por qué has ido, sabiendo que lo único que iba a hacer era hablarte mal de mí?

Ella tragó saliva.

—Porque Peter quería contarme algo. Algo que tú tenías que haberme contado cuando nos conocimos, la verdad. Algo que podría haber cambiado mucho las cosas.

—¿Algo que debía haberte contado? —preguntó Marcus confundido—. ¿El qué? Dame la oportunidad de contarte la verdad, que dudo mucho que sea la misma que la de Peter Cameron.

—Dímela ahora, entonces. Dime quién eres

–le pidió Avery–. Quién eres en realidad. Y quiénes eran tus antepasados.

La expresión de Marcus cambió.

–La *Bella mujer* –dijo.

–¿Vas a desmentir lo que me contó Peter?

–Por supuesto que no. No puedo negar la verdad.

Avery pensó que ya no podían hacerle más daño, pero se había equivocado. Rio con amargura.

–Aunque te gustaría, ¿no? Si hubieses sido sincero conmigo desde el principio, a lo mejor habría considerado venderte el cuadro, ¿sabes? Pero, ahora, olvídate de volver a verlo. Me has mentido desde el primer día. Dime, ¿has sido sincero conmigo en algún momento, Marcus?

Se hizo un incómodo silencio. Incapaz de soportarlo ni un segundo más, Avery fue a recoger su bolso del salón.

–Gracias por no mentirme también ahora. No sé cómo no me he dado cuenta antes. Solo querías recuperar la *Bella mujer*, ¿verdad? Ese era tu único objetivo. Dime, ¿es por eso por lo que espero un hijo tuyo? ¿Me dejaste embarazada para atraparme? ¿Por eso te casaste conmigo? ¿Por eso utilizaste el amor que sentía por ti?

Tenía las mejillas bañadas en lágrimas.

–Escúchate, Avery. Estás diciendo una tontería detrás de otra. Por supuesto que no pretendía atraparte –respondió Marcus, pasándose una mano temblorosa por el pelo–. Es cierto que fui a Londres para intentar convencerte de que vendieras la colección. Y, sí, Kathleen O'Reilly era mi bisabuela y quería recuperar el cuadro. Sí, me sentí frustrado cuando no quisiste deshacerte de él, pero las cosas no son como piensas. No te dejé embarazada a propósito para que te casases conmigo y conseguir el cuadro.

–¿Quieres decir que cuando averiguamos que estaba embarazada nunca pensaste en el cuadro? –le preguntó ella, mirándolo a los ojos y viendo la verdad en ellos–. Tengo un billete para el vuelo de las diez de la noche a Londres. Le pediré a mi abogado que empiece con el proceso de divorcio en cuanto aterrice.

–Avery, por favor, no lo hagas –le imploró él.

–Adiós, Marcus.

Capítulo Catorce

Marcus deseó seguirla, detenerla, llevarla de vuelta a su casa y convencerla de que no todo había sido una mentira. Contarle que la amaba. No obstante, supo que no le creería. De hecho, era probable que lo acusase de querer seguir manipulándola.

Y era cierto que la había intentado manipularla al principio. Eso no lo podía negar.

Dicho aquello, lo que en esos momentos sentía por ella era verdadero. Se había enamorado de Avery y esta acababa de dejarle, embarazada.

Supo que estaba demasiado dolida para ir detrás de ella y le atormentó saber que había sido él quien había causado ese dolor. Pero además de herida, la había visto enfadada, y con razón. Así que tenía que darle algo de espacio hasta que se calmase.

No obstante, no iba a tirar la toalla. Antes o después, Avery tendría que verlo o, al menos, hablar con él, aunque fuese solo para ponerle al día de cómo iba su embarazo.

Pero lo que él necesitaba era que le diese una oportunidad de empezar con su matrimonio desde cero. De empezar, en esa ocasión, con buen pie.

Se maldijo por su estúpido orgullo mientras iba y venía por el salón. Le tenía que haber contado a Avery el motivo por el que deseaba tanto recuperar aquel cuadro, pero no había podido. No había podido admitir que la culpa de que su abuelo hubiese vendido el cuadro había sido suya.

La familia Price nunca había tenido dinero, sobre todo, en comparación con los Cullen, pero se habían tenido los unos a los otros. Eso, y un vínculo con el pasado, con la familia, con el cuadro.

Aquel cuadro se había convertido para Marcus en un símbolo de todo lo que su familia había sacrificado. Kathleen había sacrificado su integridad, su trabajo y la seguridad de su familia, y todo porque le había gustado a un hombre rico. Su abuelo lo había sacrificado todo por él. ¿Tan malo era que hubiese querido devolverle el cuadro?

Al parecer, sí, porque en esos momentos estaba pagando el precio. Había perdido a la mujer a la que amaba, pero se negaba a creer que no podría recuperarla. No había llegado adonde estaba con miedo al fracaso. Sabía cómo conseguir lo que quería, siempre lo había hecho, y no le asustaba tener que trabajar duro para hacerlo.

Tenía que demostrarle a Avery que merecía

la pena intentarlo. Que la *Bella mujer* no tenía nada que ver con lo que sentía por ella. Pensó en la única cosa que Avery le había pedido: que encontrase la estatua del ángel.

Tenía que encontrarla y devolvérsela para que Avery se diese cuenta de que lo había hecho por ella, solo por ella. Tal vez entonces la creería cuando le dijese que la amaba.

Marcus fue a buscar su ordenador y se puso a trabajar. El trabajo siempre había sido su panacea.

Cuando por fin descansó, se dio cuenta de que había empezado a amanecer. Estaba agotado y le dolía todo el cuerpo, y no había encontrado ninguna pista acerca de la estatua del ángel. Miró la hora. Avery debía de estar llegando a Londres. Saberla tan lejos hizo que le doliese el alma, pero tendría que superarlo, tenía que recuperarla. Esa vez no podía fracasar.

Fue al cuarto de baño a darse una ducha y se preguntó por Avery. ¿Iría directa a casa, a descansar? ¿O a casa de su abogado, para poner fin a lo que en esos momentos más le importaba a él?

Marcus se metió en la ducha y fue entonces cuando cedió al inmenso dolor que tenía en el pecho y dejó de contener las ganas de llorar que había sentido en cuanto Avery había cerrado la puerta de su casa. Lloró por su familia y por lo tonto que había sido al destruir algo que jamás había creído que tendría en su vida: el amor incondicional de una mujer a la que él también amaba.

Waverly's estaba muy tranquilo cuando llegó. Al parecer, solo había un despacho ocupado, el de Ann Richardson. En esos momentos, a Marcus no le apetecía hablar con nadie, así que fue en dirección contraria, a su propio despacho. No llevaba mucho tiempo allí cuando oyó que llamaban a la puerta.

–¿Marcus? ¿Eres tú? Me ha parecido verte llegar –dijo Ann, entrando y sentándose en la silla que había enfrente de él–. Has venido muy pronto. ¿Qué le parece eso a tu esposa? Por cierto, enhorabuena, siento no haber llegado a la ceremonia el sábado.

Marcus esbozó una leve sonrisa.

–Tengo trabajo, ya sabes cómo es esto.

No podía hablar con Ann de lo ocurrido con Avery la noche anterior. Era demasiado reciente.

–¿Y tú, has ido a casa a dormir?

Ann rio.

–Sí, he dormido en casa. Por cierto, ¿qué tal tu cena?

–La comida era excelente –comentó él, diciendo más con lo que no decía.

Ann apoyó la espalda en la silla y escuchó su relato de la velada.

Marcus continuó:

–Hay algo en él... No sé, pero no me fío. Me ofreció un puesto de trabajo en Rothschild. Supongo que tú ya imaginabas que era esa su intención.

–¿La oferta era buena? –le preguntó ella.

–Buenísima, pero no la acepté, por supuesto.

–Por supuesto –repitió Ann sonriendo–. Gracias por tu lealtad, Marcus. Tendrá su recompensa. Sé que te gustaría ser socio de Waverly's y tienes derecho a aspirar a ello. Espera un par de meses.

–Esperaré lo que sea necesario, Ann. No tengo prisa –respondió él–. Tú ten cuidado con Rothschild. Tiene muchas cosas que decir sobre tu persona, y ninguna buena.

–Supongo que sigue dando bombo a los rumores.

–Sí, y también me habló de la estatua del *Corazón dorado*. ¿Estamos seguros de que no es robada?

Ann apretó los labios.

–Roark nunca me ha defraudado. No ha podido hacerlo ahora.

–O eso esperas.

–Sí, eso espero –admitió ella, sacudiendo la cabeza–. No, tengo la certeza. Todo saldrá bien. Solo hay que tener paciencia.

Se levantó para marcharse y Marcus se sorprendió al darse cuenta de lo mucho que su jefa se parecía físicamente a Avery. Ambas eran altas, esbeltas, rubias y bellas. Hasta sus ojos eran de un azul similar, pero eso era todo. A pesar de que Ann era una mujer atractiva, a él nunca le había gustado. Ann tenía poco de vulnerable y había sido la vulnerabilidad de Avery lo que más lo había atraído de ella.

Se dio cuenta de que también era esa vulnerabilidad lo que le había hecho pensar que era débil, que necesitaba su fuerza y protección, pero Avery tenía toda la fuerza que necesitaba y por eso lo había dejado.

Tal vez aquel fuese parte del problema, admitió Marcus, su necesidad inherente de comportarse como un caballero y matar los dragones que amenazaban a los demás. Los suyos, no. Ni siquiera quería reconocer las cosas que le hacían daño. A lo mejor estaba mal, pero esa necesidad de proteger había sido lo que le había hecho decidir que su jefa necesitaba todo el apoyo que pudiese tener. Había defraudado a Avery, no podía defraudar también a Ann.

—Si puedo hacer algo más, házmelo saber.

—Gracias, Marcus —respondió Ann sonriendo de medio lado, a pesar de la preocupación que había en sus ojos.

***

A Avery le ardían los ojos del agotamiento cuando el taxi paró delante de su casa. Tenía la sensación de que habían pasado siete años, y no siete días, desde que se había marchado de allí. Había llamado al despacho de su abogado nada más aterrizar, pero le habían dicho que no estaría allí en todo el día. No le había dejado ningún mensaje.

–Ven, cariño. Tengo tu habitación preparada –le dijo la señora Jackson, acompañándola a su habitación y ayudándola a desvestirse y meterse en la cama.

A pesar de no haber podido dormir durante el vuelo, Avery solo pudo quedarse tumbada, con el cuerpo rígido de la tensión y la vista clavada en el techo.

Una hora después, Avery no podía más. Se levantó, se puso unos vaqueros desgastados y un jersey de manga larga y bajó al jardín.

Estaba precioso. Ted había hecho un milagro y a pesar de saber que el jardín volvía a tener el esplendor que había tenido con su padre, no se sintió mejor.

–No pensé que volverías tan pronto –le dijo Ted, acercándose a ella–, pero me alegro de poder despedirme en persona.

–Yo tampoco –respondió ella–. Gracias por tu trabajo. Sé que me dijiste desde el principio que solo te quedarías un mes, pero ¿hay alguna posibilidad de que cambies de opinión? Me encantaría que te quedases.

–Ha sido un placer, pero tengo que volver a casa. Seguro que me necesitan allí.

–Puedo darte una referencia, si la necesitas.

–Gracias, pero no me hace falta –le respondió Ted–. Qué sortijas tan bonitas llevas. Enhorabuena.

Avery se intentó quitar los anillos, pero no pudo porque tenía las manos hinchadas.

–No te molestes en darme la enhorabuena –le dijo–. Ha sido un error.

–¿Un error? Casarse es un paso muy importante. No deberías haberlo hecho sin pensarlo bien.

–Ese es el problema –respondió, sintiendo ganas de llorar–. Que no lo pensé.

–Venga, venga –la tranquilizó Ted, dándole unas palmaditas en el hombro y ayudándola a sentarse en un banco–. Cuéntamelo.

Avery empezó a hablar casi sin darse cuenta y se lo contó todo. Que se había sentido atraída por Marcus desde el principio y se había dado cuenta de que se estaba enamorando de él. Que Marcus había estado obsesionado con la *Bella mujer* y cómo había descubierto ella su relación con ese cuadro y que la había utilizado para hacerse con él.

–A lo mejor se acercó a ti para ascender en su carrera y para conseguir el cuadro –le dijo Ted mientras ella seguía llorando–, pero estoy seguro de que te quiere. Lo observé mientras trabajaba en el jardín y vi cómo estabais juntos. Price luchaba contra ello, pero no pudo evitar enamorarse de ti.

–No, estás equivocado. Solo quería ese cuadro que está en mi estudio –respondió ella amargamente.

Aunque en el fondo deseaba que Ted tuviese razón.

–Lo siento, Avery. Lo siento de verdad, pero creo que deberías darle otra oportunidad.

–No sé si puedo hacerlo –susurró ella.

–Mira en tu corazón –le aconsejó Ted–. Allí encontrarás la respuesta. Mi trabajo aquí ha terminado. Recuerda lo que te digo. Dale otra oportunidad. Price se la merece… y tú, también.

A la mañana siguiente, Marcus no oyó el despertador. Se había vuelto a quedar toda la noche trabajando, intentando encontrar algo acerca del ángel de Avery y no se había acostado hasta las tres de la madrugada, sin haber encontrado nada. La sensación esa mañana, al dirigirse al trabajo, era de frustración.

–¡No puede dejar eso ahí! –exclamó Lynette desde su despacho.

–¿Qué ocurre? –preguntó él, acercándose.

–He intentado detenerlos, señor Price. Se lo he dicho una y otra vez, los artículos deben inventariarse en el piso de abajo, no aquí.

–Solo hemos seguido órdenes, señora –le respondió un hombre–. ¿Es usted Marcus Price?

–El mismo. Enséñeme ese pedido –le exigió Marcus, entrando en su despacho.

El hombre le dio un trozo de papel en el que ponía:

Urgente.
Entregar personalmente a Marcus Price.

Luego marcó unos números en un aparato que llevaba colgado del cinturón y le pidió a Marcus que firmase. Este lo hizo, divertido.

–Esta situación es muy irregular, señor Price. Tenemos que seguir el procedimiento –protestó Lynette en la puerta, mientras los dos hombres que habían realizado la entrega salían del despacho.

–Estoy de acuerdo, pero vamos a ver primero de qué se trata.

–En ese caso, va a necesitar esto –dijo Lynette antes de desaparecer y volver poco después con una ganzúa.

Marcus arqueó las cejas al verla.

–¿Tienes eso en tu escritorio?

Ella asintió.

–Recuérdame que no te haga enfadar nunca.

–Abra la caja.

Las planchas de madera protestaron cuando Marcus las fue separando una a una. Apartó el papel de embalar y entonces se dio cuenta de lo que era y se emocionó.

–Oh, qué bonito –comentó Lynette, acercándose a tocar el rostro de mármol del ángel alado.

El ángel de Avery.

Marcus no se podía mover. Solo podía mirar la figura con incredulidad. Había pasado semanas intentando encontrarla. Miró el papel que le habían entregado y buscó en él el nombre de la persona que se lo había enviado, pero no lo encontró.

–Lynnette, llama a la empresa de transportes y averigua de dónde ha salido esto.

Ella volvió poco después.

–No lo saben, lo siento.

–No puede ser.

–A lo mejor esto le sirve de ayuda –le dijo Lynnette, acercándose con un sobre blanco en el que estaba escrito el nombre de Marcus.

Marcus abrió el sobre y sacó la nota que había dentro, que decía:

Mi regalo de bodas... Mi trabajo aquí ha terminado.

El jardinero

–¿Quién es el jardinero? –le preguntó su secretaria, que había leído la nota por encima del hombro de Marcus.

–No lo sé –admitió él.

El único jardinero que conocía era el hombre que trabajaba en casa de Avery, pero no era posible que aquel hombre se hubiese hecho con una estatua así, al menos, de manera legal.

Intentó recordar el nombre del hombre. Ted algo... Sí, Ted Wells. Avery lo había conocido en un foro. Pero si aquel hombre había sabido que Avery estaba buscando la estatua, ¿por qué no se la había dado a ella directamente?

Capítulo Quince

Avery se acercó a las ventanas de su estudió y observó cómo llovía fuera. Aquel día frío y gris era una metáfora perfecta de cómo se sentía en esos momentos. Llevaba tres días en casa y todavía no había podido sacarse de la cabeza lo que Ted Wells le había dicho: que le diese a Marcus otra oportunidad.

Una parte de ella quería hacerlo, pero otra, la parte que todavía seguía dolida porque sabía que la había utilizado, seguía sin perdonarlo. La habían traicionado demasiadas veces.

Se llevó la mano al vientre. La vida que crecía en su interior era parte de ella. Y parte de Marcus también.

¿Se parecería a él? ¿Sería un tormento mirarlo y ver en él los ojos de Marcus? Avery se dio la vuelta y se acercó al caballete. El cuadro de Marcus todavía estaba allí, tal y como lo había dejado.

Intentó estudiarlo con ojo crítico y se preguntó si debía volver a convertirlo en un lienzo en blanco, pero le dolió el pecho solo de pensarlo. No podía hacer como si aquello no hubiese ocurrido, era imposible. Amaba a Marcus, y quería dejar de sufrir, pero no creía poder volver a confiar en él. Sobre todo, sabiendo que no le había contado la verdad ni siquiera cuando se habían casado.

Hizo girar los anillos que llevaba en el dedo. Había intentado quitárselos, pero cada vez que lo hacía se sentía todavía más perdida. Lo cierto era que no quería estar sin él. Marcus era el padre de su hijo, el hombre al que amaba como a ningún otro. ¿Era posible darle otra oportunidad? ¿Podían tener el matrimonio que habían tenido sus padres hasta que su madre había caído enferma?

Se imaginó viviendo a medias, como había hecho su padre después de la muerte de su madre. Una vida a medias sin Marcus a su lado. No le extrañaba que su padre no hubiese vuelto a casarse. Ella tampoco podía imaginarse entregar su corazón a otra persona.

De repente, no soportó seguir mirando el cuadro. Se giró y salió del estudio. La señora Jackson la estaba buscando en el piso de abajo.

–Hay una furgoneta de reparto en la puerta –le contó–. Dicen que tienen una entrega para usted, procedente de Nueva York.

–No estoy esperando nada, ¿te han dicho algo más?

–No, pero insisten en dejar un paquete.

–Que entren, pero quiero ver los documentos de la entrega antes de que traigan el paquete –dijo Avery con cautela a pesar de su curiosidad.

La única persona que podía enviarle algo desde Nueva York era Marcus. ¿Qué se propondría?

Cuando la señora Jackson le llevó los documentos, Avery se puso furiosa.

«Estatua de ángel en mármol, c. 1900».

–¿Cómo se atreve? –inquirió.

¿Creía Marcus que la podía comprar con una réplica de su ángel?

Salió de la casa dispuesta a decirle a la señora Jackson que no quería el paquete, pero vio horrorizada como dos hombres iban hacia la terraza. Llegaron al jardín y se dispusieron a abrir la caja.

–No... –gritó, dirigiéndose a ellos, pero se quedó muda al ver el contenido de la caja.

–Jamás pensé que vería el día –comentó la señora Jackson llorando–. ¿No es preciosa? Por fin vuelve a estar en su sitio.

Avery cayó de rodillas, ajena a la humedad del césped, que le traspasaba los pantalones vaqueros. Vio con incredulidad cómo aquellos hombres dejaban la estatua en el mismo pedestal en el que había estado muchos años atrás.

Los hombres se marcharon y ella se quedó donde estaba, con la mirada clavada en la estatua.

—Te estás mojando los pantalones —le dijo la señora Jackson—. Ven dentro.

Avery aceptó la mano que su ama de llaves le ofrecía para ponerse en pie.

—Creo que me voy a quedar en el jardín un rato más. No puedo creer que esté aquí.

La señora Jackson entró en la casa chasqueando la lengua, pero a Avery no le importó. Recorrió con las manos las alas del ángel, su vestido, los esbeltos brazos.

—Has vuelto —susurró—. Te ha encontrado y te ha devuelto a mí.

Fue demasiado fácil volver a caer en el viejo vicio y abrirle su corazón a la estatua, como había hecho tantas veces de niñas. Al hacerlo, notó que se sentía mejor.

—Lo echo de menos, pero no sé si podré volver a confiar en él —terminó, después de haberle contado toda su historia al ángel.

—Inténtalo, Avery. Por favor, ¿puedes darme otra oportunidad?

Ella se puso tensa y se giró. Se incorporó al ver a Marcus a unos metros de ella.

—¿Qué estás haciendo aquí? —le preguntó.

En vez de responderle inmediatamente, Marcus le dio una hoja de papel. Ella la desdobló y la leyó.

—¿Su regalo de bodas? ¿Qué...? —preguntó confundida—. ¿Es de parte de Ted? ¿Nos ha regalado la estatua por nuestra boda?

—Es un poco raro, ¿no crees? —admitió Marcus–. Ojalá hubiese podido encontrarla yo, pero supongo que lo importante es que vuelva a estar en su sitio. Queda muy bien ahí. Es como si nunca hubiese faltado.

–Pero... ¿por qué? ¿Por qué lo ha hecho? ¿Y por qué dice que es su regalo de bodas?

Marcus se encogió de hombros.

–Tal vez pensó que nuestro matrimonio se merecía otra oportunidad. Yo estoy de acuerdo. Me gustaría que lo intentásemos, Avery.

Ella se mordió el labio inferior.

–No sé, Marcus. Nos precipitamos. No pensamos las cosas lo suficiente. Y yo todavía siento que me utilizaste... me mentiste.

–Lo sé, y lo siento mucho. Ojalá hubiese sido sincero contigo desde el principio –dijo–. Avery, te quiero. Te quiero más que a nada y nadie en el mundo. Lo eres todo para mí y no quiero vivir el resto de mi vida arrepintiéndome por no haber intentado convencerte de que me dieses otra oportunidad. Por favor, dame, danos, otra oportunidad.

–Tengo miedo –admitió ella–. Me has hecho mucho daño. No quiero volver a ser vulnerable nunca más.

–¿Acaso no forma eso parte de amar? ¿No crees que yo también me siento vulnerable, sabiendo que mi felicidad está en tus manos?

La agarró de las manos y se las llevó al pecho. Avery notó el calor de su cuerpo, notó los latidos de su corazón y quiso creer en él.

–¿De verdad tengo ese poder sobre ti? –susurró.

–Y mucho más. He sido un tonto. Me equivoqué cuando te dije que mi pasado no era lo que soy hoy. Mi pasado es precisamente lo que soy hoy, pero cuando me he dado cuenta ya era demasiado tarde.

Marcus apoyó la frente en la de ella un instante, antes de continuar.

–Ya sabes algo acerca de mi niñez, sabes que mis padres eran drogadictos. Cuando yo nací mi madre estaba en la cárcel y los servicios sociales buscaron a mi abuelo para que se quedase conmigo. Él ni siquiera sabía que había tenido un nieto. Yo tenía dos años cuando la policía le notificó que mi madre había fallecido de una sobredosis, y se quedó destrozado. Creo que, en el fondo, había esperado que algún día volviese a casa y recuperase su vida. Pero, al parecer, mi madre no había podido vivir sin mi padre. Mi abuelo la enterró y pensó que con aquello se había terminado todo, pero mi padre lo encontró y lo amenazó con llevárseme. Mi abuelo le ofreció dinero, mucho dinero, si no volvía nunca jamás. Mi padre aceptó y fue entonces cuando el abuelo vendió la *Bella mujer*. Dijo que merecía la pena hacerlo, pero yo he sabido toda la vida que lo había hecho por mí.

–Pero, Marcus, esa fue su elección. Podía haber luchado por tu custodia en un tribunal.

Ningún juez le habría permitido a tu padre que se te llevase.

—El abuelo no estaba dispuesto a correr el riesgo. Hizo que un amigo suyo, que era abogado, escribiese un contrato antes de darle el dinero a mi padre. Yo tenía doce años cuando mi abuelo me lo contó todo, y yo me prometí a mí mismo que cuando fuese mayor compraría la *Bella mujer* para devolvérsela. Era lo único que le había quedado de su madre y lo vendió por mí. Tenía que compensárselo.

A Avery se le llenaron los ojos de lágrimas al pensar en un Marcus niño, apasionado y decidido. El mismo Marcus que tenía delante en esos momentos.

—Te comprendo —le dijo en voz baja.

Él le apretó las manos.

—¿De verdad? ¿Ves por qué estaba tan ciego que cometí el mayor error de mi vida al utilizarte? ¿Podrás perdonar ese error, Avery?

Ella levantó una mano para acariciarle la mejilla y lo miró fijamente a los ojos.

—Puedo perdonarte, Marcus, y te perdono. Me marché porque pensé que eras como todas esas personas que me habían utilizado en el pasado. Toda mi vida, la gente se ha acercado a mí por mi dinero y mis contactos. También es cierto que tengo la suerte de contar con buenos amigos, pero ha sido muy duro encontrarlos y diferenciarlos de los que no lo eran. Siento haberte metido en el mismo saco.

–Tenías motivos para hacerlo –le dijo él, girando el rostro para darle un beso en la palma de la mano.

El calor de sus labios hizo que Avery se estremeciera. Había echado de menos aquella sensación desde que se había marchado de Nueva York.

–Tal vez, pero no quise escucharte en Nueva York. Solo quería marcharme, así que lo hice.

–E hiciste bien. Te había utilizado, lo admito, pero no me casé contigo por lo que tenías. Te lo pedí incluso antes de darme cuenta, pero tienes que creerme, Avery. Cuando dije mis votos el sábado pasado, lo hice con el corazón. Te quiero con toda mi alma y todo mi corazón.

–Estabas tan distante después de la boda, que empecé a sospechar de todo. Me preocupó que te hubieses casado conmigo solo para recuperar el cuadro de la *Bella mujer* y, cuando Peter me contó su historia… Bueno, por desgracia todo tenía demasiado sentido.

–Fui un idiota. Te convencí de que nos casásemos cuando teníamos que habernos tomado todo el tiempo necesario para planear el resto de nuestra vida juntos. Así habría tenido la oportunidad de demostrarte cuánto te quiero antes de unirnos en matrimonio.

Ella dejó escapar una carcajada.

–La verdad es que yo tampoco opuse mucha resistencia, Marcus.

Él sonrió también.

–No, la verdad es que no –comentó, inclinándose a darle un beso–. Y me alegro, pero no voy a dejarte marchar ahora que te tengo. Me has enseñado mucho acerca del amor. Pensé que lo sabía todo. El abuelo y yo teníamos un vínculo irrompible. Y yo pensaba que eso era el amor. No obstante, contigo he aprendido que puede ser mucho más. No sabía lo que era ser amado realmente por una mujer, ni lo que era tener una compañera de vida, alguien que me amase completa e incondicionalmente por elección, no por obligación.

Marcus hizo una pausa antes de añadir:

–No nos tomamos el tiempo de conocernos bien, pero si tú estás dispuesto a que le demos otra oportunidad a nuestro amor y a nuestro matrimonio, yo también.

Avery tomó su rostro con las manos y le dio un beso en los labios.

–Yo, encantada.

Capítulo Dieciséis

A la mañana siguiente, era tarde cuando Marcus se despertó. Por un momento, al alargar la mano hacia Avery y no encontrarla donde la había dejado después de hacer el amor, había sentido miedo, pero no había tardado mucho en verla en la puerta de la habitación.

–Vuelve aquí –le pidió, golpeando el colchón.

–Todavía no –respondió ella sonriendo–. Tengo algo para ti. Un regalo de bodas atrasado.

Marcus supo lo que era nada más ver el paquete rectangular. Tenía que ser el desnudo que Avery había pintado de él antes de marcharse a Nueva York. Rasgó el papel que lo envolvía, pero lo que descubrió fue la familiar figura de su bisabuela.

–Quiero que lo tengas –le dijo Avery, al ver que Marcus la miraba confundido.

–No tienes por qué hacerlo –respondió él emocionado–. Tú eres la única mujer bella a la que necesito, ahora y siempre.

–Entonces, dáselo a tu abuelo. En serio. Quiero que lo tenga él, si no lo tienes tú.

Marcus dejó el cuadro a un lado de la cama y alargó los brazos hacia ella, le dio un abrazo y le demostró su agradecimiento del modo más elocuente que pudo.

El sol casi se estaba poniendo cuando se levantaron de la cama. Al hacerlo, Marcus se dio cuenta de que el cuadro se había caído y se maldijo por no haber tenido más cuidado.

—Vaya por Dios —murmuró, dándose cuenta de que la parte de atrás se había separado del marco.

—¿Qué ocurre? —le preguntó Avery, poniéndose una bata.

—Que se ha caído y mira... —dijo, señalando la parte en la que el marco se había separado.

—A ver, deja que lo vea —le respondió Avery, tomando el cuadro—. Qué raro, parece que hay algo entre el lienzo y la tapa.

Fue al tocador y buscó unas tijeras.

—¿Qué haces?

—No te preocupes, lo llevaremos a arreglar. Tengo contactos, ya sabes, pero ¿qué es...?

Marcus se inclinó para ver mejor.

—Parece un sobre.

Avery sacó el paquete amarillento y leyó lo que ponía en él: «Señorita Kathlenn O'Reilly».

—¿Crees que será de Baxter?

—Solo hay una manera de averiguarlo.

Marcus rasgó el sobre y sacó varios papeles.

—Esto parecen certificados de acciones. Y también hay una carta.

Mi querida Kathleen. Te envío esto con toda la tristeza de mi corazón. Te amo, mi querida niña, y siempre te amaré, pero no puedo dejar a mi esposa. El escándalo destruiría a nuestros hijos, a nuestras familias. No debí aprovecharme de ti, no debí permitir que me amases, pero siempre llevaré tu amor en el corazón, hasta el último día de mi vida. A pesar de no poder ser tu esposo, como desearía, al menos puedo ayudaros a ti y a tu familia. Espero que esos certificados cambien tu vida. Siempre tuyo.

Baxter C.

—La amaba —dijo Marcus, incapaz de creer lo que acababa de oír—. Siempre pensé que la había utilizado y que después había permitido que su esposa la echase sin más, pero veo que intentó hacerlo bien. Ahora sé lo que significaba la nota que envió con el cuadro, y que mi abuelo todavía conserva.

—¿Qué decía esa nota? —preguntó Avery mientras leía los certificados de acciones.

—Lo que cuenta es lo de dentro. Es evidente que Kathleen no lo entendió. Siempre le dijo a mi abuelo que tenía que ver con el cuadro en sí. Pudo haberlo vendido, pero no lo hizo. No sé si porque era el recuerdo de un amor perdido, o de lo que su familia decía que era el mayor error de su vida, pero el caso es que no pudo deshacerse de él. Por eso me empeñé en recuperarlo cuando el abuelo lo vendió.

—Yo prefiero pensar que se lo quedó porque amaba a Baxter y porque, en el fondo, sabía que él también la amaba, pero mira esto, Marcus –le dijo, enseñándole los certificados–. Yo creo que ahora valen millones. Tu abuelo es un hombre muy rico.

Marcus estudió los certificados con incredulidad.

–Ojalá mi bisabuela lo hubiese entendido –dijo en voz baja.

–Siento que tu familia tuviese una vida tan dura. Podría haber sido diferente.

–Yo no lo siento –le dijo Marcus, mirándola–. La vida fue dura, sí, pero si no hubiese sido así, tal vez no te habría conocido y jamás habría podido decirte cuánto te quiero.

–Oh, Marcus –suspiró Avery con los ojos llorosos–. Yo también te quiero. Eres el hombre de mis sueños. Hoy, mañana y para siempre.

En el Deseo titulado
Una herencia maravillosa,
de Paula Roe,
podrás continuar la serie
SUBASTAS DE SEDUCCIÓN

Deseo

La noche en la que empezó todo
ANNA CLEARY

Shari Lacey nunca había sido el tipo de chica que mantenía aventuras de una noche... hasta que conoció al francés Luc Valentin. Unas horas en sus brazos cambiaron su vida para siempre, en muchos sentidos.

Luc creía que no iba a volver a ver a la tozuda australiana nunca más y, cuando ella se presentó en París para visitarlo, creyó que podrían seguir donde lo habían dejado... ¡en el dormitorio! Sin embargo, la única noche que habían pasado juntos había desencadenado una cascada de sucesos que los ataría para siempre...

El deseo tiene sus consecuencias...

¡YA EN TU PUNTO DE VENTA!

Acepte 2 de nuestras mejores novelas de amor GRATIS

¡Y reciba un regalo sorpresa!

Oferta especial de tiempo limitado

Rellene el cupón y envíelo a
Harlequin Reader Service®
3010 Walden Ave.
P.O. Box 1867
Buffalo, N.Y. 14240-1867

¡Sí! Por favor, envíenme 2 novelas de amor de Harlequin (1 Bianca® y 1 Deseo®) gratis, más el regalo sorpresa. Luego remítanme 4 novelas nuevas todos los meses, las cuales recibiré mucho antes de que aparezcan en librerías, y factúrenme al bajo precio de $3,24 cada una, más $0,25 por envío e impuesto de ventas, si corresponde*. Este es el precio total, y es un ahorro de casi el 20% sobre el precio de portada. !Una oferta excelente! Entiendo que el hecho de aceptar estos libros y el regalo no me obliga en forma alguna a la compra de libros adicionales. Y también que puedo devolver cualquier envío y cancelar en cualquier momento. Aún si decido no comprar ningún otro libro de Harlequin, los 2 libros gratis y el regalo sorpresa son míos para siempre.

416 LBN DU7N

Nombre y apellido	(Por favor, letra de molde)	
Dirección	Apartamento No.	
Ciudad	Estado	Zona postal

Esta oferta se limita a un pedido por hogar y no está disponible para los subscriptores actuales de Deseo® y Bianca®.
*Los términos y precios quedan sujetos a cambios sin aviso previo.
Impuestos de ventas aplican en N.Y.

SPN-03 ©2003 Harlequin Enterprises Limited

Bianca

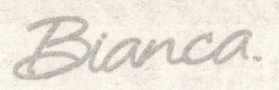

El rescate del secuestro era la inocencia de Maddie

Maddie Lang llevaba una existencia tranquila. Se había criado en un pequeño pueblo de Inglaterra, por lo que no esperaba que en un viaje a Italia por motivos de trabajo terminara convirtiéndose en la prisionera del atractivo conde Valieri.

Encerrándola en su lujosa casa, el conde esperaba poder vengar a su familia. Por mucho que Maddie deseaba evitar que su traidor cuerpo despertara, las hábiles caricias del conde hicieron saltar las primeras chispas de lo que podría convertirse en las llamas de una peligrosa adicción...

Prisionera del conde

Sara Craven

¡YA EN TU PUNTO DE VENTA!

Deseo

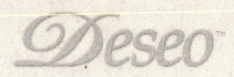

Íntima seducción
BRENDA JACKSON

Ninguna mujer había dejado plantado a Zane Westmoreland... excepto Channing Hastings, que lo había abandonado dos años atrás, dejando totalmente trastornado al criador de caballos.

Y, ahora, Channing había vuelto a Denver comprometida con otro hombre. Pero Zane estaba dispuesto a demostrarle que para ella no existía más hombre que él.

Hay amores imposibles de romper

[9]

¡YA EN TU PUNTO DE VENTA!